YOUNG AGE小說鮮視界！

YA!

青春滿點！活力滿載！好看滿分！

妖怪公寓

妖怪アパートの幽雅な日常

香月日輪

佐藤三千彦◎圖

紅色◎譯

6

翻開魔法之書

房客介紹

妖怪公寓（又稱「壽莊」）：

是一棟看起來非常古舊、彷彿隨時會倒的老房子。在這棟房子的結界內，原本看不見的東西會變得比較容易看見，原本摸不到的東西也會因此而摸得到。好幾層次元在此重疊、交錯，也因此，這裡變成了附近所有妖怪的「社區活動中心」！

房東先生：

長得像顆特大號的蛋，矮胖的身體上有一對細小的眼睛。烏黑的身上穿著白色和服、纏著紫色腰帶。而那小得不能再小的可愛雙手上，抓著寫有租金的大帳簿。

【一〇一號房】麻里子：

性感的美女幽靈，有著大大的眼睛、可愛的鼻子，身材好得讓人噴鼻血！但因死了太久，常忘記自己是女人，全身光溜溜地走來走去。

【一〇二號房】一色黎明：

人類。他是詩人兼童話作家，作品風格怪誕，夕士是他的頭號粉絲。他有一張有點痴呆、像小孩的塗鴉般簡單的臉。

【一〇三號房】深瀨明：

人類。他是畫家，養了一隻大狗西格。他常常全身上下裹著皮衣、皮褲，騎重型機車，以打架為消遣……不管怎麼看，實在都像個暴走族。

【二〇二號房】稻葉夕士：
人類，条東商校的學生，將升上二年級。國一時爸媽車禍過世，變成孤兒的他個性也變得很壓抑。原本因貪便宜而住進「妖怪公寓」，結果從此卻愛上了這裡。

【二〇三號房】龍先生：
人類，是莫測高深的靈能力者，妖怪見了就怕。他看起來永遠都是二十四、五歲，身材修長，一頭飄逸長髮束在身後，是個非常有型的謎樣美男子。

【二〇四號房】久賀秋音：
人類，鷹之台高校的學生，將升三年級，兼當修行中的除靈師。個性活潑開朗，食量奇大無比！看起來是個普通的美少女，但是兩三下就能把妖怪清潔溜溜。

【二〇八號房】佐藤先生：
妖怪，在一家大型化妝品公司工作了二十年，誇口自己在女職員之間人氣No.1！

【二〇九號房】山田先生：
妖怪，負責照料妖怪公寓的庭園，模樣像個圓滾滾的矮小男人。

房客介紹

舊書商：
咖啡色頭髮垂肩，戴圓框眼鏡。身上穿著舊舊的牛仔裝，皮帶頭上扣著銀色釦環，還戴了項鍊和手環，長滿鬍碴的嘴邊叼著菸，感覺就像是古時候的流浪漢。

骨董商人：
「自稱」是人類，身旁跟著五個異常矮小的僕人。輪廓很像西方人，留著短短的八字鬍，左眼戴了一個大眼罩，右眼則是灰色的。給人的感覺相當可疑。

琉璃子：
妖怪，是妖怪公寓裡的害羞天才廚娘，做的料理超～級美味！總是隱身在廚房裡，永遠只看到她忙著做飯的「一截」纖纖玉手。

小圓：
處於靈體物質化狀態。年紀大約才兩歲，眼睛圓滾滾的，長得很可愛，但身世淒涼，令人鼻酸。身旁有一隻也是處於靈體物質化狀態的狗──小白忠心守護著。

長谷泉貴：
從小和夕士是死黨，也是夕士唯一的朋友，他心思細膩，和天真的夕士個性完全相反。以頂尖成績考上升學名校的他，野心是奪走自己老爸位居要職的公司。

翻開魔法之書

使魔介紹

【被封印的魔法之書】《小希洛佐異魂》：

夕士從舊書商那裡得到的魔法書，簡稱「小希」。大小跟字典差不多，黑色皮革封面，只有二十二頁，每頁都畫了一張圖，圖上分別有從一到二十一的羅馬數字，最後一頁則是一張印了「0」的圖。目前只有十四個使魔出場。

【愚者】富爾（0）：

「0之富爾」，是《小希洛佐異魂》的介紹人，非常彬彬有禮。身高才十五公分左右，頭上戴著類似軟呢帽的東西，穿著緊身褲襪，看起來很像中世紀的小丑。

【魔術師】金（I）：

萬能精靈，也就是所謂的「阿拉丁神燈精靈」。是一個身體硬朗的禿頭大叔，穿著也真的像是從阿拉丁神燈裡面出來的精靈一樣。

【女祭司】潔露菲（II）：

風之精靈，出現的時候，四周會颳起一陣風，可是風力不太強。

【皇后】梅洛兒（III）：

水之精靈，會使空盪盪的空間突然閃閃發光，水便開始從亮光之中滴落。只是水量通常不大。

【戰車】希波格里夫（Ⅶ）：

神之戰馬，是黑色的獅鷹，能夠在瞬間奔馳千里。體型比馬大了好幾倍，有著一張像爬蟲類一樣嚇人的臉。

【力量】哥伊艾瑪斯（Ⅷ）：

石造精靈人偶，是一尊羅馬戰士風格的石像，將近三公尺高。不過，它的活動時間只有一分鐘左右，一次使出的力量總和是三公噸。

【隱者】寇庫馬（Ⅸ）：

貓頭鷹一族，負責侍奉智慧女神米娜娃，掌握了世界上所有的知識。富爾稱牠「隱居大爺」。牠雖然是智慧的象徵，但是年紀大了記性不好，什麼事情都馬上就忘光光，而且有點痴呆，老是在打瞌睡。

【命運之輪】諾倫（Ⅹ）：

代表斯寇蒂、丹蒂、兀爾德三位命運女神，她們出現時帶著一個大大的黑甕，甕中裝著類似水的液體。而諾倫則是結合三人的力量所進行的法術，如：占卜、透視、模擬巫術等等。

使魔介紹

【吊人】凱特西（XII）：
貓王一族，就是「穿長統靴的貓」。外型是一隻黑貓，大概有中型狗那麼大，還拿著一根菸管。不但很懶散，也是一隻愛騙人的貓。

【死神】塔納托斯（XIII）：
死亡大天使一族，專門侍奉冥界之王。身高像個小孩，穿著黑灰色袍子，拿著一把小鐮刀。在袍子底下看不見臉，裡面是全黑的，感覺很陰森，只不過，預言能力趨近於零。

【節制】西蕾娜（XIV）：
吟唱咒歌的妖鳥，是一個麻雀般大小、人面鳥身的女人，也就是「鳥身女妖」，她只有臉是人類的臉，身上覆滿了純白的羽毛，在黑暗之中會發出朦朧的光芒。她的歌聲宛如鳥囀，充滿了不可思議的震撼力。

【惡魔】刻耳柏洛斯（XV）：
地獄的食人狼，現身時，會放出劈哩啪啦的青白色雷電。然而，牠現在還只是一隻非常可愛的「小狗」，再過兩百年才會長大。

【高塔】伊達卡（XVI）：

雷之精靈，現身時，空中會放電。可是，他的力量只有一瞬間，而且電壓也不怎麼高。

【審判】布隆迪斯（XX）：

在最後的審判中喚醒死者的神鳴。連死者都能喚醒的天神喇叭，會造成一股巨大衝擊波「咚哐——」，每次都會把附近的玻璃窗全部震破，但是這對壞人很有嚇阻力量。

【月亮】薩克（XVIII）：

守護月宮的毒蠍子，現身時，會劃過一道青色的閃電。被薩克附身者，將會身體麻痺無法動彈。

【太陽】伊那法特（XIX）：

光之精靈。現身時，極其強烈的光芒瞬間綻放，如同太陽一般的金黃色光芒照亮大地。

【正義】荷魯斯之眼（VIII）：

看穿惡魔的神之眼。現身時，一顆跟排球差不多大的巨大眼球會出現在空中。它能把看到的東西全都記憶起來，且之後可重新播放看過的記憶，就如同攝影機一樣！

新的一年開始了。

去年春天開始，我迎接了人生中嶄新的一年。如今新的一年已經來臨。

我叫稻葉夕士，是条東商校二年級學生。雙親亡故的我目前住在公寓裡一個人生活，並且期望未來能當上公務員，或是進入穩固的公司當一個上班族。乍看之下，我不過只是個普通的高中生，然而我的真實身分是……

「主人、主人！」

邊喊邊扯著我耳垂的，是一個身高十五公分，穿著中世紀小丑裝的小矮人。

「在這種地方睡覺可是會著涼的喔！」

「哎呀，糟糕。」

我居然睡著了，而且我完全不記得自己怎麼會睡在這裡。

「新年酒喝太多了。不對，應該說被灌太多了。」

「當時的氣氛真的相當歡樂呢，真是個年味十足的熱鬧宴會呀！」

說這句話的小矮人是「0之富爾」，魔法書《小希洛佐異魂》的介紹人。

在命運的作弄之下，我成為封印了二十二隻妖魔和精靈的魔法書主人，也稱為魔書使——意思就是我成了一個操縱妖魔、變弄法術的半調子魔法師。

這感覺起來好像是一件非常了不起的事情，不過在我住的公寓「壽莊」裡，這點小事根本沒什麼大不了。

我住的地方叫壽莊，別名「妖怪公寓」，是名副其實、如假包換的妖怪們所居住的公寓。

房東是黑坊主，負責伙食的是只有一截手的幽靈；其他住戶也五花八門，有故意化身為人類到公司上班的妖怪，還有放棄投胎，跑到妖怪託兒所去當保母的妖怪等等，都是些很有人情味的好鄰居；不然就是往來古今東西次元的商人、真實身分不明的靈能力者，諸如此類莫名地不像人的傢伙。

我有許多人生的超級前輩和各個非人類的開導，在這個一般常識和知識無法通用的地方，原本的自己被敲得四分五裂，不過全新的我也就此誕生了。而現在，這樣子的改造工程也依舊在進行中。

我曾經一度離開妖怪公寓，在升上高二的那年春天重新回到這裡。接著，我成了「小希」的主人，開始了魔法師的「修行」。這一年來的生活真是高潮迭起啊！

昨天晚上是除夕夜，我一邊跟真正的生剝鬼一起吃尾牙，一邊平靜地回想著這一年來發生的大小事，並感激著支持我的眾多人們和妖怪們。

「對喔！生剝鬼一回去，新年到來的那一瞬間，尾牙就變成春酒，我也理所當然地被灌了新年酒……我原本應該是站在廁所……結果沒有回到客廳，就無意識地回到房間去了吧……現在幾點啊？」

我看看鐘，現在正好快五點了。

我留著鋪在地上的墊被，再度回到起居室看看狀況。

宴會是從昨天傍晚六點左右開始的，所以算算已經開了十一個小時了。還在喝酒的人，真的就只剩下畫家和詩人而已。這兩個人真猛啊！

「你這趟廁所可去得真久呢，夕士。」

那張塗鴉似的臉幾乎完全沒變，真是讓人覺得有點恐怖。他就是詩人一色黎明，同時也是成人童話作家。

「你的死黨掛了喔！」

這邊這位也是一臉沒事的模樣，真是名不虛傳啊。他是畫家深瀨明，在海外和小流氓之間很受歡迎，是個經常在個展會場上演全武行的流氓藝術家。

這兩個人並肩坐在雙層拉門那裡，一邊眺望著在黑暗中翩翩飄下的雪花和其他東西，一邊靜靜地喝著酒。感覺真棒，我也好希望能像他們這樣喝酒啊……

除了畫家和詩人以外，在被電毯、被爐、美味的火鍋和人們的體溫弄得暖烘烘的起居室裡，大家都屍橫遍野地呼呼大睡——在大型化妝品公司工作的妖怪「佐藤先生」、妖怪託兒所的保母「麻里子」、興趣是蒔花弄草的妖怪（？）「山田先生」、魔法書《七賢人之書》的主人兼我的前輩「舊書商」，還有……

「噗！」

我笑了出來。

抱著小圓的長谷幸福洋溢地沉睡著。

長谷泉貴是我的死黨，也是從國小、國中就一直支持著我，是我無可替代的朋友。平常他都在市內一流的超級升學名校上課，所以我們沒辦法見面，不過只要放假，他就會騎著機車快馬加鞭地來見我……其實更應該說是他很享受住在公寓裡的時光，其中小圓更是長谷的最愛。

被親生母親虐待致死的幽靈男童小圓，還有把他養大的小狗小白一起在這間公寓裡，在長谷和大家的疼愛下等待著投胎之日的來臨。

長谷懷中的小圓好像絨毛娃娃，擁有可愛的臉龐和一對雙下巴。長谷則像小孩子一樣，呼吸均勻地沉沉睡著。但一想到這傢伙到底是喝了多少才能睡成這樣，我就覺得很恐怖。

如同守護著小圓一般，貼著長谷的頭睡覺的小白注意到我之後，搖了搖尾巴。

看見牠的尾巴在長谷的臉上拍打，我不禁覺得好笑。這個眉清目秀、頭腦聰明的有錢人家大少爺其實是個虛無主義者兼現實主義者，而且還滿肚子壞水，把街上的不良分子全都網羅到自己的手下，領導他們「成立組織」，企圖在未來奪取自己老爸擔任重要職位的大公司……也只有在這間公寓裡，才看得到這個了不起的傢伙令人會心一笑的模樣。這是只有我才知道的另一面。

「就讓他在這裡繼續睡好了。」

那我就回房間睡覺啦——我一掉頭，秋音就站在我面前。

「啊，你起床啦，夕士。那就來吧！」

「呃……」

「新年水行呀！可以讓身體立刻恢復成最佳狀態喔!!」

久賀秋音是目標成為除靈師的儲備靈能力者，目前在專替妖怪治療的「月野木醫院」實習，同時擔任我的「修行」訓練員。

我的修行就是在公寓地下的洞窟溫泉旁邊新造的「瀑布」進行水行，瀑布則是秋音為了我的修行而拜託房東先生「幫忙弄個瀑布出來」……才出現的。

「我先去囉！」

秋音這麼說完便活力十足地跑到地下去了。唉，其實我昨天也一如往常地修行了，不過……

「我還以為至少元旦可以休息一天哩……」

詩人和畫家在我身後壓低聲音笑了。

元旦。

在逐漸開始泛白的天空下（但是還是滿天星斗），我穿著一件單薄的泳褲，接受著瀑布的拍打。

今年也多多指教！

目錄

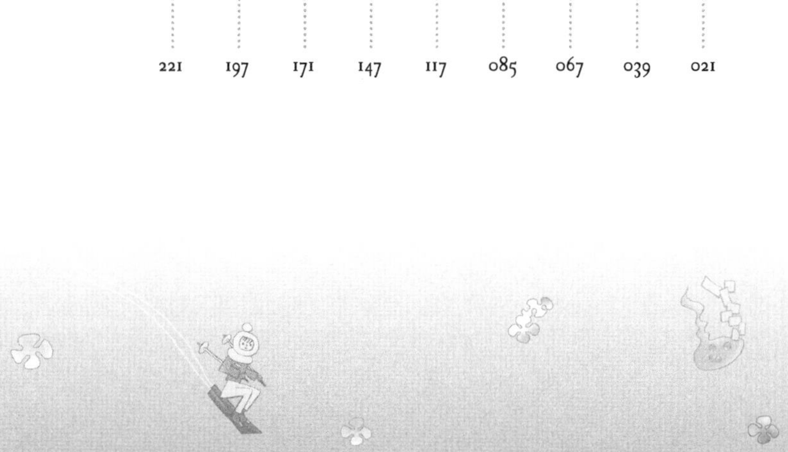

妖怪公寓的新年

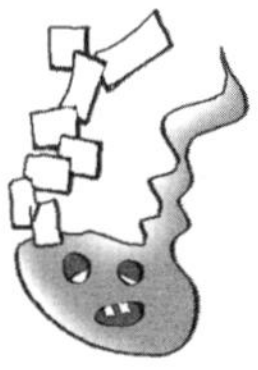

「哇哇哇啊啊啊啊……」

身體的冰冷在溫泉的溫暖中漸漸融化，我的腳趾尖到腦門一點一點地麻痺，感覺飄飄然的。

岩石浴池一旁的瀑布上空露出一片藍天，那片天空逐漸明亮，在藍天的高處，色彩繽紛的雲朵彷彿彩虹似的橫亙，金黃色的光芒從其間射了下來。

「喔～天亮了、天亮了！」

一群男人吵吵鬧鬧地走進來泡新年第一次溫泉，長谷也在其中。

「趕上了～」

「一邊欣賞第一道曙光，一邊泡新年第一次溫泉！棒呆了!!」

「你們的酒都還沒醒耶，這樣不會有事嗎?!」

「不～會～啦！還有迎春酒咧！」

我不知道迎春酒的時候是不是真的不會出事，但是這些不良大人還是抱著好幾只酒瓶一起泡了新年的第一次溫泉……還喝啊！嗯，不過這確實是他們的一貫作風。

朝陽開始從瀑布的另一邊探出臉來，金黃色光芒灑在瀑布和浴室附近。

「喔!!」

「好漂亮……」

在一陣鼓掌喝采之中，我和隔壁的長谷稍微看了彼此的臉。長谷輕笑一聲，我則是滿懷感慨，回想起整整一年前的元旦。

當時我離開了妖怪公寓，開始宿舍生活，周遭頻頻發生討厭的事情，讓我對人際關係和自己都失去自信。這時候長谷取消了家族旅遊，跑來和理應獨自度過除夕和元旦的我見面。

那一年，我們一邊吃著打工發的便當和便利商店的關東煮，一邊隨心所欲地暢談。由於是在黎明時分才筋疲力盡地睡著的關係，我們去年並沒有看到新年的日出。

現在能和公寓裡的大夥兒以及長谷一起迎接新年，真的非常幸福……幸福得讓我忍不住想哭……

新年日出非常美麗，讓我感動得說不出話來——即便我根本不知道那是哪兒來的太陽。

「真是好美喔！」

一個聲音從身後傳來。

麻里子全裸地站在那裡。

「嗚哇啊啊——！」

我和長谷不加思索地跳了起來，發出慘叫。

在閃耀的金黃色晨光照射下，麻里子超級火辣的胴體竟然美得充滿神聖的光輝。但是!!全裸還是犯規啊！不管多美我們還是會被嚇得跳起來的。

「麻里子！妳至少也遮一下前面嘛……我們倒無所謂，可是這裡有高中生，高中生啊！」

詩人禮貌性地說了一下，畫家和佐藤先生則是笑得東倒西歪。

「露得這麼徹底，大家也不會想入非非了啦!!」

「哎呀，不過這還真是可喜可賀、令人感激的身體啊~」

舊書商用力地拍了拍手。

「正是女神的化身！」

「呀哈哈哈哈哈！」

麻里子已經死很久了，所以完全沒有女性的矜持，只要剝掉一層皮，她的內在根本就是歐巴桑。所以呢，就算有這麼美豔的身材，也一點都不情色。

「這裡的人真是的……」

長谷苦笑。

我忍不住和大人們一起放聲大笑。

笑聲在浴室和瀑布場回盪著。這是新年第一笑，可喜可賀！

我帶著暖和的身體睡了回籠覺，並且在正午時分爬了起來。

起居室整理得乾乾淨淨，還擺上了正月的插花。小圓和小白肩並肩眺望著雙層拉門的另一頭。

「小圓～」

長谷喜孜孜地喊了一聲之後，小圓也開心地湊了過來。小圓穿著長谷買的球球襪子，模樣實在是可愛極了。小圓好像感覺不到冷熱，一年四季都穿著薄薄的短袖襯衫和黑色褲子（這也許只是他所呈現出來的表象，不過現在姑且不深究這個問題了），打著赤腳。長谷說：

「看得我都覺得冷了。」

於是就買了一大堆針織羊毛衫和襪子給他。長谷看著穿上這些衣物的小圓時那副羞赧的表情，真是讓我……差點昏倒。

「啊，你們起來啦。」

秋音探出臉來。

「早啊，秋音。」

「早——」

「你們要不要吃中飯呀？」

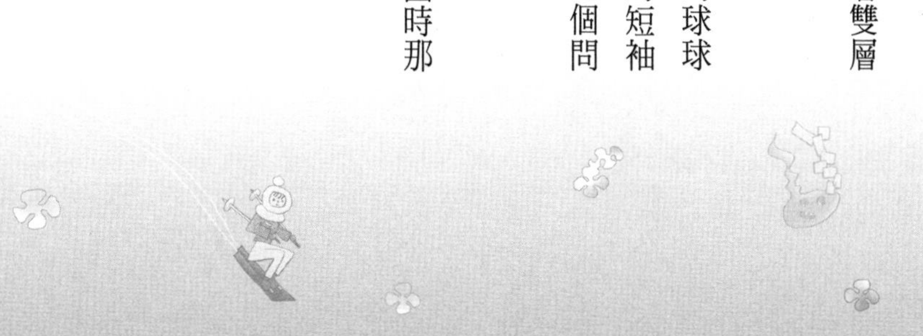

由於我們從昨天晚上就開始大吃特吃，所以午餐應該是一切從簡，不料……

「冬季鰤魚！」

「哇，看起來好好吃喔！滑溜溜的!!」

今天早上剛送來的冬季鰤魚生魚片、沾柚子味噌食用的白蘿蔔、燉煮豬肉、酥炸白蘿蔔皮、鰤魚紅味噌湯、醃紫蕪菁，還有白飯。夠豐盛了吧！

「冬季鰤魚好好吃！下巴都快掉下來了啦！」

「這個柚子味噌也是一絕！主角根本就是柚子味噌嘛，我看光靠這個就可以配酒了。」

「來，請依照個人喜好，在鰤魚紅味噌湯加上七味粉吧。還有什錦湯喔。」

「謝謝，秋音。」

「琉璃子，超好吃的！」

「棒呆了！」

我們一連聲稱讚，一手挑起公寓伙食的手腕幽靈琉璃子就害羞地扭著她纖細美麗的手指。不管是除夕還是新年，琉璃子的工作仍舊毫不鬆懈，今年照樣棒得不得了！

冬季鰤魚生魚片配白飯好吃得要命，鰤魚紅味噌湯也有夠好喝，但是什錦湯和生魚片、白飯更是超合（琉璃子的什錦湯是加了白蘿蔔、胡蘿蔔、芋頭的白味噌湯），害得我們欲罷不能地猛吃，根本不覺得這是什麼一切從簡的料理。

當我們撐著鼓鼓的肚皮痛苦地躺下來時，外面的景色便透過拉門映入眼簾。紅色和白色的寒椿花❶為冬日的妖怪公寓庭院染上豔麗的色彩，庭院裡有好幾個動來動去的小雪人，還有跟拳頭差不多大的雪（？）塊在腳邊喊著：「給我水。」（不過好像不能給它們水。聽說給的話，它們會發出超強的冷空氣。）

「雪……沒有積很深耶。」

雖然從昨天起就零零落落地下了一些雪，但是也只是薄薄地覆蓋了庭院而已。小圓從剛才開始就一直盯著院子看。

「你希望積雪再深一點嗎，小圓？」

小圓用力地點點頭（他不會說話）。

「房東先生在瀑布旁邊弄了一個通往『大雪原』的洞口了喔。」

秋音說道。

「大雪原?!」

❶譯註：茶花的一種，在十一月至一月間開花。

瀑布場的周圍是筆直的懸崖，不過，我們的房東先生可以在那座懸崖上弄一個通往某個地方的洞口。秋天的時候，他還開了一個洞穴通往長滿大片芒草的原野。

「去看看吧，長谷！」

「嗯！」

我們跳了起來。

「穿暖和一點再去喔。」

「遵命！」

我們穿上外衣裹上圍巾，往地下走去。小圓也跟著我們一起去，我們幫他穿上了披風。

圍繞著瀑布的懸崖上開了一個平常並沒有的洞，鑽過這個洞口之後……

大雪原。

真的是大雪原。

放眼望去，三百六十度的地平線全都是純白的雪景。

沒有任何阻擋視線的東西，只有光禿禿的黑色樹木形單影隻地兀立著。

我們走出來的洞口就在一塊和我們的身高差不多的岩石上，那裡也被雪蓋住，一片雪白。

天空是帶著灰色的藍，地平線上有些微偏黃的亮光。能聽見的，只有遠方嗡嗡作響的細微風聲而已。

看得出來這裡沒有其他生物。

這個超級遼闊的空間就只有這樣，這裡沒有任何地方好去，也什麼都沒有。好美。

這是一個純淨無垢、如同結晶一般的世界。這個情景可是平常不可能看到的。

不過雖然美，還是很寂寥，就好像作了一個哀傷的夢，讓人覺得心生膽怯。

我瞥了長谷一眼之後，發現他已經緊緊地抱住小圓了。

太狡猾了，我心想。

我連同小圓一起抱住了長谷。

「你幹嘛？」長谷說。

「呃，就是……這裡雖然很漂亮，不過卻什麼都沒有，感覺很淒涼啊。」

「嗯，但這可是難得一見的景色耶。『什麼都沒有的地方』……這個地球上根本沒有啊，了不起就是沙漠而已吧。」

「沙漠裡面也有生物啊。」

我們試著走了一下。

唰唰的踏雪聲傳來。踩在雪上的觸感非常舒服。

我突然很想就這麼隨心所欲、漫無目的地走下去。

唰、唰、唰，我們的腳步加快了一些。

「呵呵呵。」

滿好玩的嘛……

唰、唰、唰，我們開始跑了起來。

小白追在我們身後跑著。

我開始衝刺，長谷則是「哈哈哈」地笑著。

「嚇！」

「砰!!」

我一頭鑽進了純白的新雪裡。「噗」的一聲，身體沉到雪中去了。

「喔，超舒服的～」

「我試試看。」

長谷把小圓交給我，仰躺著倒在雪上，伴隨著「噗」一聲，長谷的身體也陷進雪裡了。長谷躺著大笑。

「我們在幹嘛？竟然在做這麼幼稚的事情！」

「小白更高興哩！」

平常總是黏著小圓的小白在雪原上兜著圈子跑個沒完。

「小白媽媽果然還是狗嘛。」

小白在寬廣的地方四處奔馳，就跟普通的小狗一樣可愛。

我們打雪仗、堆雪人；小圓則在學長谷非常努力地堆著雪人。獨佔一望無際的純白大地，感覺真是奢侈極了。

這個時候，一陣粗啞的汪汪叫聲傳來，一隻灰狗從另一個方向以猛烈之勢飛奔而來。

「是西格！」

畫家深瀨的愛犬西格是一隻體重重達五十公斤，擁有野狼血統的狗，然而牠最著名的是畫家出門旅行時，會坐在機車後座同行。如果旅行的地方是城市，畫家就會綁著西格，如果是廣闊又沒人的地方，西格就可以自由行動（比方說河岸或是海邊。畫家很喜歡在這一類的地方露營）。在公寓的時候，當然是用放養的方式照顧西格，但大致上牠都會在主人的房間裡睡覺。

好久沒到寬廣場所的西格似乎非常高興。牠像箭一樣朝著我們奔馳過來後，立刻把我們撲倒，猛舔我們的臉，還在小圓的臉上輕輕一吻（不過小圓還是彷彿被吹走似的倒在地上），接著牠便和小白四處亂跑，像在打架一樣鬧著玩。

「狗真的一高興就會這樣轉圈耶。」

長谷笑著說。

「喂～你們幾個小鬼！」

大人們七嘴八舌地從洞口走了出來，肩膀上都扛著鏟子。

「來做雪屋啦——————！」

我和長谷看著彼此，然後跳了起來。

「耶～雪屋！」

接下來，我們花了好幾個鐘頭，做出了相當正統的雪屋。

可以容納下十個人左右的「宴會廳」自然不用說，我們還做了「廁所」、「臥房」，還很沒意義地試著做了「樓梯」，就好像在製作精雕細琢的沙雕似的，玩得非常盡興。

就在雪原的天色稍微變暗，天空從藍灰色變成淡淡的群青色時（這個世界好像不會再更暗了），雪屋完成了。時間是下午六點。

「萬歲、萬歲、萬歲！」

所有人高呼了三聲萬歲。

我們把墊子、被爐、餐桌搬進雪屋裡，開始布置室內。在雪壁上挖了幾個凹槽，在裡面點上蠟燭之後，雪屋裡面充滿了美輪美奐的溫暖氣氛。

「雪屋裡面好溫暖喔。」

和室外凜冽的空氣比起來，雪屋裡的空氣感覺暖和多了。

「畢竟還有人靠這種屋子在阿拉斯加過生活嘛～」

「宴會開始啦！」

畫家提著一個大鐵鍋進來。

「等好久了!!」

盛大的掌聲和歡呼聲響起。

放在火爐上面的鍋子鍋蓋一掀開，一種無法形容的高湯香氣便溢滿了整間雪屋，濃郁得讓人幾乎要窒息了！然而，鍋子裡面卻塞滿了超大的麻糬——看起來好像是這樣。

「麻糬?!」

我驚訝地看著鍋子裡面。這麼快就要吃麻糬？大人們笑了。

「這是聖護院的白蘿蔔吧？」

長谷說。

「哇，聖護院的白蘿蔔這麼大啊?!」

聖護院的白蘿蔔泡在鍋子裡的樣子，根本就跟「鏡餅❷」一模一樣，又大又圓！而且還被高湯染了恰到好處的顏色。

「這是『前菜』喔，所以沒放很多料。」

秋音在一旁解說。

「這是前菜?!」

「用昆布和甘鯛魚的高湯燉了好～久喔，你看。」

秋音一把筷子插進白蘿蔔裡，這個超大的白蘿蔔竟然像奶油一般輕而易舉地斷開了。

「昆布和甘鯛魚的高湯……」

我嚥了一口口水。甘鯛就是冬天的關西地帶——尤其是京都——人氣最旺的紅甘鯛，是味道非常上等的白肉魚。

秋音輕輕地在夾斷的白蘿蔔上面塗了一層柚子味噌。

「來，請用。」

深深愛上午餐吃過的「萬能柚子味噌」，長谷此刻眼睛閃閃發光。

「嗯！」

「好吃得不行!!」

「甘鯛……日本人的靈魂!!」

讚歎聲接二連三地響起。

放進嘴裡的瞬間，就像綿綿白雪一樣融化的鮮嫩白蘿蔔，以及在口中散開的高湯甜味，再加上柚子味噌助陣，反而讓吃的人都要融化了。

「這果然還是要配日本酒呢！」

「不不不，燒酒也不賴喔。」

「哎呀、哎呀、哎呀！」

「哇哇哇。」

大人們邊吃邊喝，忙得不可開交。

「吃了這個，身子就暖和起來哩~」

「真是奢侈的前菜啊。」

❷譯註：鏡餅就像過年的年糕，是用糯米做成的，因為看起來像鏡子般的扁平狀，故得鏡餅之名。

我和長谷也深深地著迷。才剛從鍋子裡夾出來的聖護院白蘿蔔，在短暫的時間之內就消失了。

「接下來，主菜就是剩下來的昆布甘鯛魚高湯火鍋！」

我們在大鍋子裡塞滿了各式食材，並用涮的方式吃了甘鯛魚片。

大家挨著彼此圍著鍋子，擠得幾乎要讓人流汗了。

「好幸福喔。」

我深深地這麼覺得。不僅除夕，連緊接而來的元旦都能吃到這麼好吃的東西。

「未成年組有細卷壽司和御飯糰喔～」

紅色的便當盒裡裝著醃菜卷壽司、小黃瓜鰻魚卷壽司，還有簡單的御飯糰。

「琉璃子……太棒了！」

「她真是為你們著想呢。」

「琉璃子是不會偷懶的唷～」

火鍋和壽司超級無敵配，好吃得讓我覺得就這麼一命歸天也無所謂了。

就在我們喧鬧的時候，一道黑色的人影突然出現在雪屋入口。

「嗨～你們又在搞什麼有趣的活動了呢？」

「龍先生！」

這名用黑色外衣裹著高瘦的身子，並將一頭黑色長髮綁在後腦的美男子是公寓的住戶，也是高段的靈能力者（好像是），同時還是秋音的超級大前輩兼崇拜對象。

「唷～好久不見啊！」

「新年快樂！」

「新年快樂!!」

「好了，進來吧。還有很多火鍋料和酒喔——！」

「那我也順便把伴手禮拿出來吧。」

龍先生拿出一個酒瓶。

「喔～是『魔王❸』！」

「真是太適合你了啦!!」

所有人全都大爆笑，這場宴會也更加熱鬧了。

❸譯註：日本鹿兒島縣老字號酒廠生產的名酒，被稱為「夢幻的芋頭燒酒」。

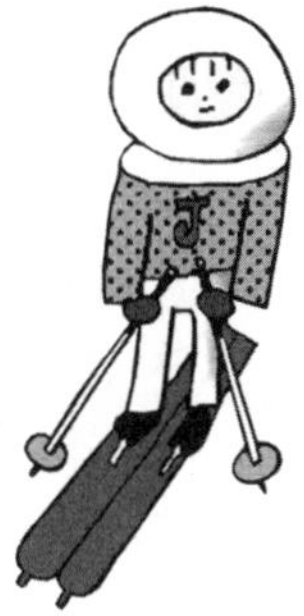

真正重要的事

「是喔，你體驗過消災除厄了嗎？那很好啊。」

聽完我的話之後，龍先生溫柔地笑了。

除夕當天，生剝鬼團團圍住我，和我一起打鬧、一起吃火鍋、一起歡笑，讓我覺得討厭的回憶全都飛到遙遠的地方去了，也可以用全新的情緒面對新的一年。長谷告訴我，這就是「消災除厄」。

「大掃除和迎春的準備，就是把壞東西趕走，讓自己隨著新的一年一起轉變心情的儀式，所以還是徹底執行比較好喔。不過我是不會叫你把整間房子擦得亮晶晶的啦，畢竟我也不太掃自己的房間。」

這麼說完之後，龍先生吐了吐舌頭。

這個人的話總是高深莫測。有了豐富的專業知識和經驗（乍看之下他是二十五、六歲，不過真正的年齡則是完全未知），說出來的話永遠讓我無法忘懷。

「你的人生還很長，世界也無比寬廣。放輕鬆一點吧。」

就是因為他對我說了這句話，我才能這麼想。這句話是我的至寶。

但是，龍先生絕對不是聖人，也不是什麼大好人。就像這間公寓裡的居民們一樣，他是清濁並濟、正負明暗兼具，有時候還會犯下重大失敗的人。

「哎呀，又搞砸了。」

他是會吐著舌頭這麼說的人。

正是因為這樣，我才能安心地聽這個人說的話，才會想要聽他多說一點，或是希望他多聽我說話，才會希望「自己能變得跟這個人一樣」。

一面享用著好吃的甘鯛火鍋，我們隨心所欲地聊著天。

我告訴龍先生条東商的新老師還有校慶發生的事。尤其是我們班的新導師千晶，更是讓我和龍先生之間很有話題。

「以一個老師來說，光是和阿明很像這一點就已經夠獨特了呢。」

龍先生笑道。

「老師還是這樣比較好喔?!」其他的大人們也七嘴八舌地說了起來。

「沒錯、沒錯，那種認真的老師啊，根本就沒人記得嘛。那種人真是做辛酸的耶。」

對了，在場的這些不太正常、有點怪怪的大人，過去也都曾經是學生呢。詩人、畫家，還有舊書商？龍先生……也一樣？

「我讀的那所高中還有個一天到晚帶著竹刀走來走去的老師咧。他頂著一個大光頭，嘴邊長滿鬍子，一年到頭都穿著大紅色的運動服，走路姿勢就跟流氓一模一樣喔。」

「啊哈哈哈哈！」

「可是，和被我揍飛的K大畢業的導師比起來，那個傢伙跟學生們更親近，女學生也都很喜歡他——雖然不管怎麼看，他都長了一張會毫不留情地把女人賣掉的臉。」

「就是這樣啦~不過，也不是說認真的精英老師不好啦……」

「只要懂得做人，就算是精英也沒什麼不好喔。」

現在就讀精英學校，周圍的人們應該也全都走在精英之路上的長谷，正認真聽著大人們的話。

「就這一點來說，那個千晶老師應該非常清楚吧。」

我對龍先生的話表示認同。

「我覺得超不可思議的，不知道他為什麼會當老師。要是去當歌手的話……他大概一定會成為超級巨星。」

我是真的這麼認為。

「很像阿明的大明星啊——」

「不，他的氣質確實和阿明先生很像，不過當他一把劉海放下來，感覺就完全變成另一個人了喔。唱歌的時候還會釋放出和平常不同的氣勢。」

「哈哈。」

龍先生搔搔下巴。

「千晶老師會不會不只是『非常會唱歌』，而是『天才』啊？或者是『超人類』之類的？」

「啊？呃，我、我也不太清楚。」

「超人類」也太誇張了吧？

「應該是某種『異能者』喔。」

「異能者？」

「如果說成雙重人格❹的話可能不太好聽，不過會出現和平常完全不同模樣的天才、超人類者，都擁有能夠轉換人格的『力量』。」

「哇……！」

我和長谷都聽得津津有味。

「世界上被稱為天才歌手的明明大有人在，為什麼千晶老師擁有這種力量，卻

❹譯註：源自心理小說的先驅《化身博士》書中的人物名稱「Jekyll and Hyde」。醫生Jekyll原本是一個公認的大善人，卻在喝下自己配製的變身藥水之後，變成人人憎惡的猥鄙男子Hyde。「Jekyll and Hyde」後來便成為心理學中「雙重人格」的代稱。

沒成為天才歌手呢？因為有很多時候，這種『異能者』並不想要這些特殊的能力。千晶老師想要當老師，所以不管他有怎樣的唱歌天賦，只要他本人希望過著普通的生活，他就會過著普通的生活，這種案例是很多的。」

「喔……」

「感覺好可惜……」

「可是即便如此，天才還是天才，超人類還是超人類。不管裝得多平凡，他們散發出來的氣質和感覺還是與人不同，會讓周圍的人們發現那些人『蘊藏』的東西。」

「說得沒錯。只要平凡人之中夾雜著天才，就算百般不願意，平凡人還是會發現對方的不凡之處喔。」

從以前就才華洋溢的詩人和畫家點點頭。在平凡人之中，這兩個人應該也非常引人注目吧。

「就是這樣。」

龍先生聳聳肩，喝了口燒酒。

「異能者啊～」

龍先生的話完完全全就是在形容千晶，讓我感到很驚訝。

即使只是一名普通的會計老師，千晶的確給人一種「蘊藏著什麼」的感覺。不只是天賦異稟的唱歌才能，還有其他各式各樣的東西，而這些東西轉變成千晶的魅力，才會讓學生們深深為他著迷。

「因為人會被強烈的力量吸引嘛。就算不明就裡，只要力量確實存在，人們就會被吸引。」

「這就是『業』吧——」

詩人說的「業」這個字眼讓我嚇了一跳。

「如果是被好的特殊能力吸引倒還好……」

「原來如此，要是千晶是壞人的話……」

那就是希特勒的誕生了，或者是新興宗教?!真是令人毛骨悚然。

我和長谷因為吃太飽覺得肚子很不舒服，於是決定到外面稍微散個步。

手錶顯示現在的時間是午夜一點，不過外頭的景色還是一樣，沒有改變。在寶藍色的遼闊天空映照下，雪原也變得藍藍的，三百六十度的地平線則發出了帶著黃色的銀色光芒。雖然依舊寂寥，可是卻漂亮極了。

「異能者啊……」

長谷感歎地說。

「就某方面來說，你搞不好也是喔，長谷。」

我這麼說完，長谷便淡淡地回答：

「不，我只是單純的優秀而已。」

他就是這種人。

「我覺得我老爸的秘書說不定就是異能者。」

「啊?!……那個個子很高的？」

「對。第一秘書兼保鏢——結城。」

「去年去你家的時候，我有看到他。」

長谷的老爸是超優良企業的重要職員，擁有四名秘書，其中有兩個經常跟在長谷的老爸身邊；一個秘書感覺就像是文科畢業的上班族，另外一個則是個子高瘦，留著短髮，雖然感覺不是很魁梧，不過一看就知道是有在運動或是練武的人。

「但是，他看起來只像是一般的運動社團出來的上班族……其實他很厲害啊？」

長谷點點頭。

「就武藝來說，他好像超級厲害哩。之前我老爸被三個小流氓找碴的時候，結城一瞬間就把那三個人撂倒了，真的是一瞬間喔！」

「哇——」

「你知道美國的影集《偽裝者》❺吧，稻葉？」

「我知道！就是主角光用看的就可以學會任何技術，而且還能學以致用！不管是駕駛員還是醫生都沒問題！」

「結城就是那樣喔！」

「真的？假的？」

「結城之前從來沒有當過上班族，可是當我們讓他去學商業秘書的課程，一個星期後，他就從言行舉止到西裝的穿法，全都學得超完美喔！」

「真的嗎？好強!!」

「而且，他好像還有一段超驚人的過去。是和我老爸相識以後，才終於能過平凡的生活。」

「哇……」

❺譯註：The pretender，主角是一個行走各地、伸張正義的獨行俠，能夠偽裝成任何人物，在全世界進行懲惡揚善的驚險旅程。

無論是龍先生、像世界上的天才們那樣的「能力者」，或是千晶這種「異能者」，都和龍先生之前說過的一樣，是「被無法抗拒的命運玩弄的人們」。

他們該拿自己根本不想要的「力量」、「天賦」怎麼辦？對於自己因而受到影響的人生，還有那些受到吸引群聚而來的人，他們又該如何自處？從處理這類問題的方式來看，或許就能區別出能力者和異能者的差異吧。另一方面，還有極其想要這種能力和天賦……甚至為之發狂的傢伙。

「究竟是誰訂下這種定律的啊……」

我們呆站在異世界的雪原上。

湛藍的天與地，夾在其間的銀色光芒——我們兩個人就兀立在這片景色之中。

「人會被強烈的力量吸引，這我能理解。就算不是天才，只要是有天賦的人，大家都會崇拜。」

我點點頭，因為長谷本身就是這樣。從國小的時候開始，他就是個頭腦聰明、長相俊俏、有錢又有氣質（以外表來說）的人。很受女生歡迎不說，還有很多不但不討厭長谷，反而很崇拜他的領導能力的男生（現在這傢伙就是帶頭和這些男生搞了一個「組織」）。

「如果是天才就更不用說了，會有很多人無條件地為之著迷……甚至該說為之傾倒。我啊，一直覺得很不可思議，搞不懂為什麼那些宗教狂熱分子會相信那種跟白痴一樣的教祖。或許那種教祖可以想成異能者的一種……」

長谷「嗯～」了一聲，搖搖頭。

「不對……我總覺得……就構造上來說或許是這樣，不過內涵應該完全不同……幾乎可說是完全相反。」

「怎麼個不同法？雖說新興宗教教祖和我們班老師千晶絕對不可能一樣……」

「結城也很受歡迎喔。與其說是受歡迎，應該說是有魅力。」

「嗯嗯，沒錯、沒錯。」

「你不覺得跟龍先生很像嗎？雖然說他是屬於天才那一類型，不過你不是對他非常著迷嗎？龍先生應該也相當受歡迎吧——無論是男是女。」

「……」

「原因是什麼？」

龍先生、千晶和結城的共同點，不管是天才還是超人類，總而言之，他們全都擁有與眾不同的力量，人們也深受他們吸引。可是他們卻和新興宗教那類的有決定性的不同，那個不同點就是——

「你不是常說嗎？稻葉，就是『人性』啊。」

「……嗯。」

「也許是與生俱來的特殊天賦所造成，或是他們一開始的命運就是這樣，舉例來說，結城從小時候開始就受盡苦難，他所牽扯上的人際關係是超複雜的問題，雖然詳細情況我是不知道啦。龍先生感覺也是這樣吧？他過去應該也遇到很多事情才對。」

「嗯。」

我用力地點頭。

「千晶老師也是這樣吧？」

我更用力地點頭了。

長谷轉過來面對我，繼續說：

「龍先生他們就是把那些數不盡的經驗化為血肉的人類喔！」

「……」

「天賦和力量或許是上天賜予的，命運或許是神明決定的。可是將這些特質實際應用在人生的，就是有血有肉的人類。無論是能夠使用非人力量的龍先生，或是擁有超人天賦的千晶老師，他們都沒有忘記自己是活生生的人，絕對沒有。基本上，他們一直都和我們一樣，是具有人性、有血有肉的人類，這就是他們和那些狂熱宗教分子、狂熱罪犯、理想主義者最關鍵的不同。」

「……你……」

「嗯？」

「說的話跟一色先生好像。」

「一色先生的話總是讓我獲益良多。」

長谷將雙手交抱胸前，頻頻點頭。接著，他慢慢地抓住我的手。

「我竟然會這樣囉囉唆唆地高談闊論耶，稻葉。」

「嗯。」

「因為你也是『異能者』之一喔。」

「！」

對了。

對耶，我都忘了。

「即便得到了意想不到的力量，你接下來無論如何，還是要永遠和這股力量協調，保持人性喔……」

隨著長谷握住我的手的力道，一種奇妙的感覺在我心中油然而生。

長谷應該是預感到什麼了吧？
命運的分歧點究竟在什麼地方呢？
只要不讓時間流逝，人類就永遠不可能知道這些問題的答案。

汪汪……西格在雪屋旁邊對著這邊吠叫。
「嗯？那該不會是叫我們回去的意思吧？」
我們回到了雪屋。
「啊，長谷～你的手機響了。」
「是嗎？我去看看，謝謝。」
「你的手機放在公寓裡啊？」
「因為不管怎麼想，這裡應該都收不到訊號吧?!」
「啊，對耶。哈哈哈！」
我和長谷決定離開雪屋。
「已經到小鬼們的睡覺時間了嗎？」
「我明天早上還要修行哩！」

「晚安！」

大人們大概又會暢飲一整個晚上吧，真是太厲害了。那些酒是從什麼地方來的啊？

「一定是有酒的四次元袋❻啦。」長谷竟然認真地這麼說，真是笑死我了……

回到房間之後，我看到半途突然消失蹤影的小圓，在棉被上像鼠婦❼一樣縮成一團，沉沉睡著。

「他是什麼時候回來的啊……」

我記得在煮甘鯛火鍋的時候，小圓還夾在畫家和長谷中間……

長谷拿著手機走出房間。

當我在換衣服的時候便聽到了長谷的怒吼聲，看來是在跟他老爸講手機。

「那對父子也真是滿誇張的。」

長谷和他老爸的感情絕對不差，就算長谷盤算著「總有一天一定要把老爸的公

❻譯註：漫畫《哆啦Ａ夢》裡主角哆啦Ａ夢肚子上的口袋，連結了四次元空間，讓哆啦Ａ夢可以隨時拿出各種法寶。

❼譯註：小型陸生甲殼類，又稱為土鱉或潮蟲，在受到驚擾時會蜷成一團。

司搶過來」，他其實也不是真的憎恨他老爸。

這對父子啊，該怎麼說呢？就是「競爭對手」吧！長谷的老爸是長谷想要超越的目標；這個老爸也不太把長谷看成自己的兒子，反而視他為「為了成為超級商人而正在修行中的小鬼」，完全就是單純地提拔年輕一輩的心態。

目前，嗯，就是呢，長谷不管在工作上還是休閒時刻，從嗜好到服裝打扮都完全無法和他老爸匹敵……想到這裡就覺得有點好玩，這樣各位就應該推測得到他老爸有多厲害了吧？

長谷回到房間來了。

「啊～氣死了！」

青筋從他的太陽穴爆出來。

「怎麼了？你們說了什麼？」

「老頭子住院了。」

「仙台那個爺爺?!」

長谷一臉苦澀地點點頭。

「我那豬頭老爸竟然叫我去看看是什麼狀況！不會自己去喔！那明明是他自己的老爸啊！每次都要叫我去!!」

「喂。」

「啊。」

小圓被長谷的喊叫聲吵醒，睜大了圓滾滾的眼珠子。

「對不起、對不起，把你吵醒了喔~」

長谷抱住小圓，然後用力地嘆了一口氣。

長谷的爺爺在仙台也是名人，還因為白手起家而被人稱為「財經界的怪物」。不過在十年前左右病倒了，現在就在仙台的超大宅邸裡過著隱居生活。

繼承長谷家族的是長男，長谷的老爸是次男，所以好像老早就離開本家了。長谷的老爸在這件事情上面和本家起了某種「衝突」，因此和本家根本是處於斷絕往來的狀態，像是中元節什麼的，長谷的老爸和老媽、老姊都不想回本家打招呼，所以在那個家中最小的長谷只好負責這種雜事（應該說是所有的雜事才對）。

「大家根本就不是為了對本家盡禮數，而是因為沒人出面的話，會被其他人講酸話而已。這次也是，我老爸還說，這才不是什麼『去探望大當家』這種體面的事，只是要對他大哥說：『我已經派人去看老爸了，別再跟我抱怨喔~』」

一面拍著小圓的背，長谷一面碎碎唸著：

「反正別說探病了，大概連老頭子的病房都不能進去，更糟糕的是還有可能

在醫院門口就被趕走了哩?!只有探病的禮品會被搜刮走，所以我們家根本沒人想去。」

長谷咒罵著自己么子的身分。

分家的人根本無法受到本家的人們好好對待，不但不能直接和大當家見面，也不准直接跟大當家說話。就算在中元節的時候前去問候，也只能從間隔四至五間房間的地方覲見大當家，留宿的房間當然也是整個宅邸裡最角落的房間。受到本家徹底的排擠。

看來本家和分家——更正確的說法是大當家和長谷的老爸（父親和次男）之間，一定有非常深的過節。

「根本就是橫溝正史❽的世界嘛。」

我總是這麼覺得，就好像……《犬神家一族》、《八墓村》、《惡魔的手球歌》這一類帶有鄉土風情、古老色彩的家族物語。

「對了，那你爺爺的身體狀況怎麼樣？」

「不太好啊。但是他的狀況老是不太好，一直住院又出院的，可是又一直死不了。」

「畢竟人家都說他是怪物了，應該很強壯吧？」

「不是什麼強不強壯的，根本就是苟活啦，那就是他的生存之道。總而言之，就是命很硬啦！總覺得他只是不想付奈何橋的過路費！」

真是隨他說哩！

「聽說老頭子還曾經有一次病危，連醫生都說沒救了，結果當他聽到某個人的零錢掉在地上的聲音，就恢復意識哩！」

「好厲害。」

我苦笑道：

「可是如果你爺爺過世，事情更麻煩吧?!他不是有超大一筆遺產嗎？那才會造成橫溝正史的小說裡面那種血淋淋的鬥爭……」

「不。」

長谷搖搖頭。

「因為我老爸已經放棄繼承權了。」

「啥，太、太可惜了吧？」

「他對老頭子的遺產好像沒什麼興趣，而且也不缺錢。」

❽譯註：一九〇二～一九八一年，日本的推理小說作家，筆下最具代表性的偵探是大家耳熟能詳的金田一耕助。

嗯，真不愧是長谷的老爸……帥呆了！

「真是受不了，害我從大過年就要開始憂鬱了。總而言之，我明天就先回家了。」把小圓哄睡了之後，長谷說。

「嗯。唉……你就好好代替你老爸對爺爺盡盡孝道吧！」

「難得來公寓玩耶……」

「這也是做功德啦。」

我雙手合十，長谷則誇張地聳聳肩。

隔天。

「過兩、三天我還會再來喔。」

長谷安撫著小圓。不過，小圓卻鼓起原本就很膨的腮幫子，難得地生氣了。他用力一甩頭，從走廊跑掉了。

「小圓～」

長谷垂頭喪氣的失望模樣不但不讓人同情，還忍不住想笑他。我忍住笑意，拍拍長谷駝著的背，說：

「你可是率領不良少年的人耶，不要被一個小嬰兒討厭就心情低落成這樣啦。」

長谷猛然直起腰。

「你什麼都不懂啦！你不知道在那個家裡當最低階的人會累積多少壓力！而且一去本家，我還會降位到一整個家族的最下層！根本就是壓力滿點！就算沒有這些事情，我也已經累積很多壓力了啊!!」

聽著長谷很少發出的「吶喊」，我心想：看來他真的很討厭去本家啊～

而小圓就是長谷的「慰藉」。

說得也是，長谷的俊美長相、清晰的頭腦和身分、名望等這些完美的武器，到了家裡完全沒用，應該會讓他有相當大的壓力吧……

「我會好好跟小圓說的，你就放心去受折磨吧。」

這麼說完之後，我便送長谷離開了。

回到起居室，大人們一副懶洋洋、很有過年氣氛地（其實一直都是這樣啦）躺著大笑。

「長谷也真辛苦啊～」

詩人笑著說。

「真正的有錢人就是這樣哩。他們很辛苦，也很努力吧。」

麻糬在舊書商面前的炭爐上膨了起來，就像剛才的小圓一樣。

「不過還真稀奇，小圓竟然生氣了呢，他的感情變豐富了喔！小孩子果然還是要有感情才行。他和長谷應該都是彼此的慰藉吧……」

詩人的話在我的心中迴盪。

長谷寵愛小圓時那副完全不怕羞的模樣，其實就是長谷透過小圓而得到的回饋——原來這就是小孩天真無邪的力量啊。

「長谷一族？感覺像是長谷聯合企業嗎？」

「不，沒有到聯合企業那麼厲害，不過好像算是相當大型的複合型企業。」

「長谷的爸爸居然肯脫離本家，靠自己的力量爬到現在這個地位，真偉大哩！」

同樣是上班族的佐藤先生欽佩地說。

「真正繼承了爺爺那怪物般的經商天賦的，好像是長谷的老爸，而不是長男。」

「可是他還是捨棄自己的家族，白手起家重新開始……他是抱著什麼樣的想法而選擇這條路的呢？好戲劇化喔！」

「應該是想試試自己能力吧?!這就是男人的浪漫啦。」

「感覺好像可以寫傳記了哩。」

「巨額財產所引發的骨肉相爭……《長谷家一族》。」

「根本就是完全抄襲❾嘛！」

「哈哈哈哈哈！」

我離開了自顧自地熱鬧起來的起居室，回到房間。

結果，我發現龍先生在房間裡。

「不好意思啊，我自己跑進來了。」

龍先生橫躺在我的棉被旁邊，小圓則躺在棉被上。

「他剛才在這裡哭了。」

龍先生溫柔地摸著小圓的頭。

「小圓……」

小圓因為長谷而生氣，但卻又難過地在這裡哭，任性得真可愛啊！我突然感歎了起來。

「長谷……他因為家裡的事情臨時回去了……」

「所以他才這麼難過啊？」

❾譯註：此指抄襲《犬神家一族》。

「在難過之前，他還大發雷霆呢。」

龍先生笑了。

「一色先生說，小圓的感情變豐富了。」

「嗯……小圓已經來這裡五、六年了呢……」

「咦，那麼久喔?!」

「一開始的時候，他只會靜靜地坐在緣廊上動也不動，叫他也沒反應。」

小圓從一出生就被親生母親不斷地虐待，最後被殺死，可是他的母親還不甘心，甚至變成了怨念纏著小圓……我的眼中浮現了莫可奈何地呆坐在緣廊的小小背影。

我看著小圓，他的眼睛有點浮腫。

「竟然把他弄哭了，真是可憐啊……」

「不不不，這種悲傷是必要的悲傷，所以沒有關係。」

龍先生微笑。

「即便小圓像石頭一樣面無表情，一色和秋音他們還是願意照顧他、和他說話、把他抱到膝蓋上餵他吃飯，這段期間，小圓也漸漸能回應了。叫他的時候，他會回頭；叫他過來，他也會乖乖過來；吃到好吃的東西時，他會催促對方多給他一點；也會拜託大家唸圖畫書給他聽……小圓是幽靈，所以身體和大腦都不會再成長，但是他的心靈和靈魂都還是持續地茁壯。然而，對於人類來說，這其實就是真正必要的。」

不是身體和大腦……而是心靈的成長啊。

「然後，小圓開始喜歡人了。小圓只會積極地要求抱抱的，也只有你和長谷而已。小圓的心中誕生了想要和人在一起、想要撒嬌、別離會難過的情緒。我覺得，懂得愛的喜悅和悲傷之後，小圓真的成長了很多喔。」

龍先生看著小圓這麼說，他的臉上帶著亦父亦母的表情。

「順利的話，小圓或許能靠自己的力量投胎。」

我大吃一驚。

「甩掉母親的怨念成佛？」

龍先生點點頭。

之前大家告訴我，只要母親的執念一直束縛著小圓，小圓就沒辦法投胎轉世。

即便變得身殘體缺、靈魂崩解，別說是女人的形體，連人類的樣子都沒了，他的母親還是抱著「殺死小圓」的這個念頭。由於這是他的母親唯一擁有的東西，所以也又強又深，連龍先生都無法說服他母親。只要被這股意念綁住，小圓就無法轉世。

「不過，他母親的怨念終於漸漸變淡了。一旦小圓的靈魂有了力量，就有可能甩掉他母親的怨念。」

「是嗎……」

我摸摸小圓的短髮。

小圓可以投胎了……這是令人開心的事，我卻莫名地感到難過。

「要是小圓不在，我會很捨不得耶，長谷搞不好會難過得昏倒喔?!」

龍先生從喉嚨深處發出笑聲，說：

「不是馬上啦，還要花上一陣子呢。而且最重要的是，小圓自己也不想跟長谷分開吧。」

龍先生和我都笑了，小白也搖著尾巴。

小圓和小白讓純粹的愛和毫不矯飾的情感，轉換成肉眼可見的形式。

這兩個小小的靈魂告訴了我，對人類來說真正必要的是什麼。

「在我還活著的時候，你可別急著投胎喔！」

我好想這樣對他們說。

為了平復小圓的情緒，我還是去拜託琉璃子烤個蛋糕吧。

接著，短暫的寒假在眨眼間過去了……

最後長谷還是沒有在寒假期間回來公寓。他爺爺的身體狀況很不穩定，所以長谷等聚集而來的家屬們全都得待在本家，好在他爺爺過世的時候做好萬全的準備（因為他爺爺一旦過世，就會引起大騷動）。

開學以後，長谷才好不容易得到解脫，而他爺爺的身體狀況也好像看準了這個時機似的開始好轉，這點讓長谷更加抓狂。

長谷幾乎天天打電話來抱怨，聽他吐苦水的我也累得半死。在短暫的第三學期中，長谷也很忙（畢竟他是學生會的人），可能暫時沒辦法來公寓……我只希望他不要壓力大到禿頭就好了。

畢業旅行

第三學期開始了。

二年級學生最重要的活動——畢業旅行馬上就要來臨，學生們的情緒也日漸高漲，老師們的臉色則是越來越難看。

「各位同學一定非常期待畢業旅行吧？你們要去的地方是雪山，所以一定要從現在開始調養身體，到了那邊才不會感冒喔。飲食要正常，也不可以熬夜喔。」

說了這一番有如國小老師所說的話的人就是二年級的臨時英文老師青木。完美得連小細節都不放過的言行舉止以及美麗的長相，讓她在男學生和女學生之間都相當受歡迎，美中不足的是，她好像永遠只看得見事情的其中一面而已。

由於她真的是為了學生著想而盡心盡力，我也可以理解有人會被她這種奉獻的姿態打動。可是，我總覺得……青木說的話聽起來好膚淺啊，感覺好像只是說得好聽而已，根本沒什麼內涵。剛才說話的感覺也是這樣，雖然說的話很有道理，可是這是對高中生說的話嗎？這種過度為小孩子著想，用超乎必要的方式對待小孩子的行為，就是青木讓我最不爽的地方。

嗯，不過隨便啦，反正青木又不是長期的專任老師，也不會跟我們一起去畢業旅行——真是幸好。要是五天四夜的旅程中，從早到晚都得聽她用這種方式說話，我真的會抓狂。

另一方面……

「啊~好鬱卒啊……世界能不能在明天就滅亡啊……」

在旁邊碎碎唸、沒有為人師表模樣的就是千晶直巳，我們班的導師。

這位因為天氣寒冷而臉色更差的貧血老師，經常和我一起在頂樓的水塔上度過午休時間。夏天，我們會躲在水槽下面的影子，非常涼爽；冬天，太陽斜斜地射下來，只要不起風，水泥就會變得溫熱，也相當暖和舒服。

「你說話怎麼跟小鬼一樣啊……這也是你的工作吧？」

我苦笑著說。

「你啊~我這整個寒假可是辛苦得要死耶……」

千晶苦著臉，抽了一口菸。

「發生什麼事了嗎？」

「我們預定入住的飯店啊，發生瓦斯爆炸，把廚房給炸飛了。」

「哇~那事情大條哩!!」

千晶吐了一大口煙，接著說：

「唉~急死人了，因為沒有時間也沒有預算，所以也不能大幅變更原訂計畫，

我整個過年都在跟旅行社開會開個沒完，就是為了找到能夠收留將近四百名高中生的飯店，真是折騰人啊。」

「我們的啟程日期沒有變更，意思就是說已經找到替代的飯店囉？」

「嗯。雖然很舊，不過以飯店的等級來說，還比原本的好了兩、三級。唉，沒辦法，光是找到飯店就已經是萬幸了。」

「嘿嘿，太幸運了～」

「當學生真好啊，可以這麼悠閒。」

千晶又吐出一大口煙。

對於老師們來說，畢業旅行應該是最令人煩心的活動吧——畢竟要帶著四百個小鬼到處跑。我懂，因為其實我也不怎麼喜歡團體活動。

「不過相較之下，冬天的滑雪之旅還是比較輕鬆。只要讓學生們在白天滑雪，到了晚上大家就會疲累得早早上床睡覺，就不用帶大家到處跑了。」

「關於這一點啊……像我這樣沒有滑過雪的人要怎麼辦啊？」

「乘這個機會學起來啊。之前的預定計畫之中，只有一天要去觀光，不過因為場地變更的關係，就連那一天的觀光都沒了，你們可以滑雪滑個夠啦！」

千晶頑皮地伸了伸舌頭。

「啊，可惡……這樣對害怕滑雪的人來說，根本就是酷刑吧?!」

「哈！這裡的高中生，應該沒有人滑雪的次數多到怕的地步吧。」

「……說得也是。」

「不過倒是有些傢伙極度討厭這趟旅行啦。」

千晶笑了，一副等著看好戲的樣子。

「你會滑雪嗎？」

「會啊，但我也是上了大學之後才開始常去滑雪的。所以啊，你們就趁現在為了未來有錢有閒時的其中一個玩樂項目打好基礎吧。」

斜斜地叼著香菸、吞雲吐霧的千晶這麼一說之後，我實在無法想像我們是在討論畢業旅行的話題。

千晶是有錢人家的公子哥兒，聽說是一路撒錢玩過來的，所以才說得出這種輝煌的人生經歷，而這些看在學生們眼中，這也是相當有魅力的。根據傳聞——傳聞的出處八成就是田代她們吧，田代不僅跟我同社團，還是我的同班同學，是個爽朗、大剌剌的女生，很好相處，在蒐集傳聞、情報什麼的方面更是天賦異稟……這也算是一種「異能力」嗎?!——總而言之，根據（大概是田代放出來的）傳聞，千晶從衝浪到騎馬都樣樣精通。

「老師……你衝浪嗎？」

我試著問了一下。

「衝啊。」

一面抽著菸，千晶一面用一副沒什麼大不了的口吻說。

「那你……騎馬嗎？」

「騎啊，怎麼了？」

回答得還真快啊。衝浪就算了，連騎馬都不放過的公子哥兒是怎樣啊?!

「我朋友的爸爸是馬術俱樂部的老闆嘛，所以我們常常免費去騎。常往那裡跑的那段期間，我和一匹馬熟了起來，牠一看到我就會蹬蹬蹬地跑過來，就算在很遠的地方也一樣，好可愛啊～」

千晶雖然是個在學生時代除了玩樂的記憶之外什麼都沒有的公子哥兒，我還是清楚知道這些都不是不好的玩樂——不過他好像也和街上的無賴有些交情。

比方說，有一些白痴會覺得吸毒、金錢、玩女人等等的這些有點像是犯罪，或是根本就是犯罪的事情很流行，於是就去做了。他們就是覺得幹壞事「很酷」的傢伙。

千晶不覺得幹壞事「很酷」，這便讓他和那些傢伙們之間劃上一條區隔線。

我認為應該就是千晶最有魅力的地方了吧。這樣的千晶，不覺得幹壞事很酷的這一點，不就是令那些半壞不壞的男男女女們為之瘋狂的原因嗎？——我這麼覺得。

比起描繪著認真和理想的青木老師，那種大人八股的說教，平常老是說著「去玩～去玩～」的千晶反而拉出了更明確的規線，告訴大家「但不能幹壞事」，這讓我們全都感到驚訝萬分。而不管是叫我們「去玩」，或是說「不准」，千晶的話總是讓我們感同身受。正如同長谷說的，我們可以感覺到這些話的背後累積著非常多的經驗，並且化為自己血肉的人才說得出這種話。

「看什麼看啊？」

千晶把香菸的煙吐在我的臉上。

「沒有啦……我是在想，你滑雪的樣子應該也很帥吧。女生一定會蜂擁而上，要你教她們的。」

然而，千晶聳聳肩說：

「我可沒打算照顧你們到這種地步。教你們滑雪的是專業的教練，老師們只負責監督而已。」

「啊，原來是這樣。田代她們還一心以為你會仔細地指導她們呢！」

「請你幫我轉達一下：很不幸，不能如她們所願了。」

把香菸丟進攜帶式菸灰缸之後，千晶爬下水塔。

「和大家一起旅行——這可真是令人期待呢！」

富爾突然出現在我面前。

「這是學校的活動之一啦。感覺就好像連續上五天二十四小時的課一樣，煩死我了——而且還吃不到琉璃子做的菜，最讓我心煩的就是這一點啊！」

「旅程中的伙食不也是期待之一嗎？」

「畢業旅行的伙食從來沒有好吃過耶?!國小和國中的時候都一樣，我從不記得畢業旅行的伙食會好吃。不管是炸的東西還是烤的東西全都是冷的，飯也乾巴巴……對對對，長谷預先猜到這一點，所以才帶了香鬆來，他還分了我一些哩。」

雖然我很討厭團體活動，不過以前，某種層面來說，我還是滿期待學校的露營或是畢業旅行的——因為我可以離開伯父的家，可以不用在意伯父他們的眼光，從早到晚和長谷待在一起暢所欲言，做同樣的事、去同樣的地方……

長谷會用自己的相機幫沒有相機的我拍一大堆相片，而那些照片全都好好地保存在相簿裡，放在長谷的家中。

「你隨時可以來看喔。」

長谷這麼對我說過，可是我真正去看的時候，已經是去年升上高二的事了。

住在伯父家裡的時候，我不想把長谷叫來家裡，也不想去長谷家。回到妖怪公寓，把包含「小希」在內的所有事情都告訴了長谷，並且得到了他的接納之後……我才終於起了去長谷家玩的念頭。那是我第一次看見自己國中時代的露營和畢業旅行的私人照片。

「拍得很好哩，真不愧是長谷。」

看著長谷拍的照片和我拍的照片，我們突然變回國中生，開始說起那個時期的往事。我們聊得忘了時間，回過神來的時候，已經將近黎明時分。

「照片真是一種非常卓越的技術呢。」

「嗯。光靠記憶的話，還是會忘記吧？」

看了照片之後，我回想起很多事情。很多事情都被我忘卻，在記憶中褪色、消失，可是看了照片之後，我卻能看見在那個地方度過那段時光的自己，這令我有種不可思議的感覺……同時也覺得很高興。

「對了，說到照片，長谷說過要借我相機……他忘了吧?!畢竟受到來自各方的打擊……算了，反正田代一定會到處照相，到時候再叫她分給我吧。」

這個時候，富爾對著站起身的我說：

「要不要用用看『荷魯斯⑩之眼』呢，主人？」

「……？」

「『荷魯斯之眼』可以重新播放看過的記憶。這不就是您所謂的攝影機嗎？」

富爾張開雙手，彷彿歌劇歌手一般詠嘆。

「我說你啊，富爾……」

「是？」

唉，算了。我拿出「小希」，翻開「Ⅷ」的「正義」那一頁。

「荷魯斯之眼!!」

「荷魯斯之眼!!看穿惡魔的神之眼!!」

青色的閃電在書頁上方出現，一顆跟排球差不多大的巨大眼球出現在空中。眼球轉向我之後，瞳孔轉啊轉地看了周圍，嘀嘀咕咕地碎碎唸：

「壞傢伙……有沒有壞傢伙啊，壞傢伙……」

「主人，您覺得如何？荷魯斯之眼會把看到的東西全都記憶起來喔！」

富爾滿臉得意地說。

「富爾。」

「是的，請說。」

「讓這種東西浮在半空中，也太～奇怪了吧!!」

「……」

富爾凝視著荷魯斯之眼，然後輕描淡寫地說：

「只要把它當成氣球……」

「怎麼可能啊!!」

「荷魯斯之眼也可以縮小！」

「咦？縮、縮到多小？」

荷魯斯之眼確實可以縮到乒乓球的大小，但是即便如此，讓這種東西浮在半空中還是太詭異了。我讓荷魯斯之眼回到「小希」裡去。

「依照主人的能力強弱，荷魯斯之眼還有可能變得更小喔！」

富爾在我胸前的口袋熱情地說著。

「好、好、好！」

一月底，我們条東商的高二學生踏上了五天四夜的滑雪畢業旅行。

⑩譯註：Horus，王權守護神，以鷹的外型出現，代表創世及日出的太陽。

接下來的五天都可以整天和千晶待在一起，所以田代她們那些女孩子的情緒也更加興奮。在遊覽車上，她們的熱情就已經開始延燒了。

「我昨天睡不著覺耶！」

「我大概已經有一個星期睡眠不足了吧?!只要一想到千晶，我就興奮得睡不著覺！」

「哈哈哈哈哈！」

「啊～真是的，老師今天真是超帥的！」

上遊覽車之前，我們先在操場集合，當女孩子們看見出現在操場的千晶時，立刻發出尖叫聲。

他穿著領口有貂皮內襯的黃色夾克，裡面搭了一件黑色的喀什米爾毛衣；下半身則是黑色的皮褲和咖啡色、綠色相間的皮靴。而且，他還戴了一副紫色的圓形太陽眼鏡，簡直就是時裝模特兒。

「呀～千晶好帥！超時尚的啦!!」

連那個田代都入迷得忘記拍照。

千晶平常在學校穿的衣服是沒有這麼花稍（但是學生會會長神谷好像還是早就看穿他的行頭很貴），不過這就是他的「便服」。真是不難想像他學生時代的模樣啊，看來他就是穿著這副行頭去滑雪的。

「那件夾克是名牌的喔！我哥哥找那件夾克找了好久。」

「他的靴子好有型！」

那雙全世界第一雙的防水皮靴是美國大牌Timberland的，以極簡風格帶出高格調設計的黑色旅行袋是Tanner Krolle，英國製。要說到為什麼我會知道這種東西，答案就是因為長谷也有同樣牌子的產品。長谷和千晶的品味非常類似。而當千晶在遊覽車發車時脫掉夾克之後，一身黑的裝扮讓他看起來比平常更苗條，讓一旁看在眼裡的女孩子更是為之瘋狂。

「老師，這樣好嗎？一開始就讓女生這麼刺激。」

在遊覽車上，我對著坐在我旁邊的千晶這麼一說之後，他「嗯~」了一聲，皺起了眉頭。

「我沒想到女同學會有這種反應。我也不打算刻意穿得特別帥啊……」

千晶歪著頭說。就這方面來說，他似乎相當天真。一般的公立高中老師可不會穿YSL的黑色皮褲，或是一件要價十二萬圓的義大利名牌喀什米爾毛衣吧？

真是的，你究竟是多有錢的公子哥兒啊？

說真的，你幹嘛要當老師啊？

不知道我以後敢不敢開口這麼問他。

遊覽車順利地開上高速公路，路況也很順暢。

半路上，我們在休息站吃了午餐，女孩子們（不只C班，其他班級的學生也是）則是猛拍著千晶的照片。

「老師！看這裡～」

「千晶老師——!!」

「好、好、好，照片就先別拍了，趕快進去餐廳！」

即便千晶開口趕人，女孩子們還是開心地尖叫著，非常興奮。午餐隨便吃吃，她們就想去幫和其他老師們坐在一起的千晶照相，或是去跟他聊天，千晶只好隨便回答她們，同席的其他老師們則是連連苦笑。雖然千晶的樣子很苦悶，但因為這個特別的活動而心情愉快的女孩子們看起來卻很可愛。

条東商的女學生很多，所以只要有帥哥老師在，大家當然就會群起瘋狂，更別說對象是千晶這種人了。

「畢業旅行本來就是留下最多回憶的活動嘛，如果要在這個活動上『錦上添花』，哪有比千晶更棒的『花』呢～」

我看著那些女孩子們幸福地看著千晶的照片，心想：「看來我也得興奮一點才行哩。」

當然，也有很多對千晶沒有興趣的學生，像是青木的支持者，他們甚至可說是討厭千晶；另外應該也有對學校的活動冷眼旁觀、抱著心不甘情不願的心情參加的學生吧；還有，在畢業旅行之前突然暴增的情侶也是，別說千晶了，這些傢伙們的眼中應該放不下任何東西吧。畢竟這是家長管不到的相親相愛五日遊嘛，他們應該正打得火熱。

「你的想法也太過時了吧，稻葉，就算平常交往，家長也不會干涉啦。」

和我同班的岩崎說道。

「就算沒有畢業旅行當藉口，他們也能照常交往吧。」

「是嗎？」

「嗯，這麼說也沒錯。」

同是同班同學的上野也這麼說：

「這跟畢業旅行根本毫無關係啦。現在正在交往的那些傢伙們，反正都木已成舟，何必故意在畢業旅行裝作互相不認識哩？」

「……但是啊，兩個人之間的第一次活動是畢業旅行，你們不覺得這樣不錯嗎？之後再回頭看學生時代的時候，馬上就會回想起來吧？比方說『那個時候發生了什麼事』之類的。畢竟學校的活動會留在畢業紀念冊上啊。」

我的回應讓岩崎和上野啞口無言。

「稻葉說得沒錯。」

默默地吃著飯的桂木說：

「我們應該要更珍惜自己學生的身分，應該要好好記住只有在這個時期能做的事才對喔。」

「……」

我和岩崎、上野全都呆掉了。

「噗哈!!」

岩崎笑了出來。

「這個傢伙被I班的女生甩掉了啦！」

「咦～真的？假的？」

「我才沒被甩！呃，我是被甩了……這也是回憶之一啊！」

「哈哈哈哈!!」

我們全笑得東倒西歪。我跟這三個人住同一間房間，還好一開始就聊開了（因為我平常在班上幾乎沒跟他們說過話）。

桂木，你是對的。在畢業旅行之前被女生甩掉這件事情，絕對會讓你的畢業旅行變得多采多姿，也會留下很棒的回憶喔。日後回想起來，你一定會覺得和那些在旅行中互相裝作不認識的情侶比較起來，這種「留下深刻回憶的畢業旅行」好多了。

我們發了一些無聊的誓，比方說「一定要打枕頭戰」，或是在遊覽車上的卡拉ＯＫ大會開始之後「要唱正經八百的歌」。

我有點興奮，覺得自己似乎比原先想的更能享受畢業旅行。既然長谷不在這裡，我就只能靠自己的力量製造回憶了。

「還是應該借相機才對，一色先生說不定有。啊，對了，我要不要買台立可拍啊。雖然有點浪費……」

比方說，讓自己的腦袋裡充滿這種樂觀的想法。

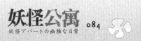

序曲

「喔——！雪、是雪！雪山耶!!」

大家全都貼在車窗上。以藍天為背景的純白山脈峰峰相連。

就在午後的太陽稍稍傾斜的時候，我們抵達了飯店。

那是一間兀立在一條漫長的雪道入口處的飯店，周圍什麼都沒有。八層樓的建築物並不是非常高，飯店的建築架構是橫向的，分為前、後兩棟。這間飯店老舊，絕對稱不上時髦，但是還是有一定的規模。

「真的是什麼都沒有哩，是個叫大家只准拚命滑雪的地方啊。」

「這樣……就不能在半夜偷偷溜出飯店了吧。」

千晶打趣地笑了笑。

下了遊覽車之後，我發現天氣還真冷，漂亮的雪山聳立在飯店的對面。

「哇，好～漂亮喔！」

「我們就是要在那裡滑雪吧。好緊張喔！」

「從A班開始，請各位同學依序到分配好的房間去！一個鐘頭之後會有廣播，各位同學聽到之後就到大廳集合！在聽到廣播之前，請各位同學先在房間裡待命！」

「老師，野田說她身體不舒服。」

「旁邊什麼都沒有！無聊死了啦！」

在學生們嘈雜的說話聲和老師們的怒吼聲之中，我抬頭看著飯店。飯店看起來很舊，不過聽說最近才重新裝修過。

「可是，感覺起來還真是老舊哩。」

不是設計裝潢的問題，而是外牆黑黑髒髒的……給人一種殘破的感覺。

「你們不覺得很暗嗎？」

有個傢伙這麼說，而這句話莫名其妙地讓我印象深刻。

走進飯店之後，大廳寬廣而明亮。鮮紅色的絨毛地毯、大窗戶、金色的窗簾，還有電玩區，服務人員站成一排迎接我們。這間本館全被条東商給包了下來，而別館（新館）裡還有一般的住客，所以從本館通往別館的通道暫時被封閉了起來。

「別館比較新，電玩區的機種也很多。這雖然是當然的，可是我就是覺得好不甘心。」

田代說。她究竟是在什麼地方查到電玩區的機種的啊？

我們是C班的男生第一組，住在四樓的四〇四號房。男生全都被分配到四樓以下的房間，並且禁止使用電梯（女生住在五樓以上的房間）。

「啊，終於到了～屁股好痛喔！」

「趕快開門啦～岩崎，我想尿尿。」
「好啦、好啦。」
門一打開，我們便走進房間裡去。房間是和室，所以裡面還有一扇拉門，我拉開了拉門。
好悶。
「？」
該怎麼說呢，感覺就像空氣沉澱了一樣，好像這裡被封閉了好一陣子，完全沒有人進來過似的。可是，那是不可能的，應該會有人進來打掃房間才對。
「廁所廁所。」
「喔～還滿大的嘛。」
「景色真好～可是根本什麼都沒有。」
「窗戶能不能開啊？」
我把手放在窗戶上。
「幹嘛啊？很冷耶。」
「對啊，這間房間好冷喔。啊，搞什麼，這個溫度設定也太低了吧！」
「讓房間稍微透透氣吧。」

我打開窗戶。這一瞬間，從山上吹下來的冷空氣宛如水流一般，唰地衝了進來。

「喔喔喔～好冷喔!!」

「啊！幹嘛開窗戶啦?!你們以為這裡是哪裡啊！這裡可不是鷹之台耶！」

從廁所出來的桂木大喊。

「夠了吧，稻葉。關起來啦。」

「嗯。」

真不愧是雪山的冷空氣，房間裡面瞬間變得跟冷凍庫一樣，不過我也覺得空氣清淨多了。

「我帶撲克牌來了～」

上野從背包裡拿出一副嶄新的撲克牌。

「撲克牌——?!」

全員大爆笑。

「你帶撲克牌來幹嘛？」

「接龍？」

「還是心臟病？」

「你是小學生啊！」

「不要瞧不起撲克牌啦～」

「呀哈哈哈!!」

「跟他比起來，我就成熟多了哩。」

桂木拿出來的是花札牌⑪。

「我不會玩。」

「我也不會。」

「你們喔！怎麼這麼幼稚啊。好吧、好吧，就讓我幫你們特訓吧。我一定會讓你們在這趟旅程之中，成為超強花札賭神的。」

「呃，我沒打算變成花札賭神。」

「你剛才不是還說什麼『要珍惜自己學生的身分』嗎？」

「在畢業旅行中如何躲過老師的耳目違反規定——這才是學生的樂趣吧?!」

「原來如此。」

「那早知道我就把電動玩具帶來了。」

「……大老遠跑到這裡還玩電動是有點那個啦。」

「對啊。」

「看來還是我最上道。」

岩崎驕傲地說：

「這個時候就是要玩口袋型將棋嘛，還有口袋型黑白棋……」

「好齊全喔！」

「這種遊戲一玩就會上癮喔。」

「我會下將棋耶。」

桂木舉起手。

「好咧，那我們等一下來玩吧～順便賭個什麼。」

「喔，口袋型大富翁！我想玩這個!!」

大家都算準了半夜沒辦法溜出去，準備充足。

「稻葉呢？你帶什麼來？」

「我……」

當然，我也沒疏於準備。

⑪譯註：花札是日本的一種傳統紙牌遊戲，亦稱為「花牌（花かるた）」。目前一般的花札都是所謂的「八八花」，卡片上畫有十二個月份的花草，每種各四張，整組四十八張。在所有花札愛好者之中，屬八八花的玩法最受歡迎，而全國各地都有各種獨特的玩法。任天堂(Nintendo)在跨入電子遊戲之前，就是靠製造此紙牌遊戲起家。

「《魔女潛艦》全四集和《鬼平犯科帳》兩本。《魔女潛艦》就是翻拍成電影的那個耶。」

看著我手上的文庫本，其他三個人全都呆住了。

「你們要看嗎？鬼平很好看喔。」

「都來畢業旅行了，誰還會想看書啊！」

「而且這也太厚了吧！全四集?!」

「既然要帶，還不如帶輕小說來哩!!」

然後，我就遭到他們的坐墊攻擊了。

一個鐘頭後，男生、女生分別在大廳集合，試穿滑雪衣和雪靴的尺寸。等到大家帶著裝備回到房間時，已經是晚餐時間了。

晚餐分別準備在中型和室，兩個班級一間。晚上六點，學生們便陸陸續續走進和室。

依照規定，學生必須穿著學校的運動服，所以女孩子們便用連帽衣或是毛衣拚命地把自己打扮得時髦一點，搞得藍色運動褲上開滿了紅色、粉紅色等色彩繽紛的小花。而且，幾乎所有的女生都沒穿運動外套，這讓我覺得很好笑。

每一班的學生都按照自己的小組坐在座位上。飯店為我們準備的晚餐之中，附有一個小小的火鍋（白湯煮雞肉），其他的菜色呢……嗯，就是這種飯店或是旅館常見的燒烤料理或是煮物。

當千晶和麻生（B班的導師）走進和室，喀嚓喀嚓的快門聲和閃光燈便從女孩子的座位那邊發出來。

「千晶老師！」

「啊啊，太幸運了，他竟然跟我們同一間餐廳！」

B班的女生們特別高興。

「好了、好了，大家快點坐好！」

學生們坐定位之後，服務人員就手腳俐落地開始分配白飯和味噌湯，畢業旅行的第一餐也這麼開始了。

「我要開動了！」

女孩子們的聲音比平常高了八度。

和大家一起用餐是非常開心的事情。住進妖怪公寓之後，我對此深有所感，除了團結一致以外，還有一種共有、共享的喜悅。

条東商的年度活動之中還有春季的校外教學，各個班級可以到自己喜歡的地方去，全班一起吃個便當什麼的。不過千晶是從秋天才開始上班的，所以今天是大家第一次和千晶一起用餐，女孩子們也因此高興得不得了，吃飯的時候都雀躍難耐。千晶和麻生坐在男生桌（那當然，要是讓他坐在女生桌的話可就麻煩了）的角落，似乎正在忙著討論事情，連吃飯都無暇顧及了。

「還滿好吃的耶?!」

「嗯，對啊。」

我吃慣了琉璃子的超級無敵美味料理，所以一直很擔心專門接團體客的中上級飯店準備的餐點。然而，餐點卻比我預料中的好吃多了。烤魚雖然冷了，不過燉煮的蔬菜還溫溫的，茶碗蒸則是熱騰騰，火鍋也很好吃。

「米是不怎麼樣，但是味噌湯確實是高湯熬煮的。嗯……」

我點點頭。

「哇，川本那個傢伙，把七味粉撒得跟山一樣高哩！」

「不管吃什麼都要加七味粉、辣椒或是美乃滋才吃得下的人，好像是味覺障礙喔。」

「喔，對啊。我不敢吃酸味噌涼拌耶。」

「我也是。」

「你怎麼可以把魚吃得那麼乾淨啊，稻葉？我都吃得爛糊糊的哩！」
我們也七嘴八舌地亂聊一通，吃飯的開心程度不亞於女生。
「各位同學，請大家邊吃，邊聽我說。」
千晶站了起來。
「大浴場的開放時間到晚上十點，男女都一樣喔。過了十點之後，就禁止學生進去洗澡。各個房間的浴室則是隨時都可以使用。早餐時間從七點半開始，地點就在這間和室。集合時間是九點，地點是大廳。請各位同學穿戴好裝備再去喔。」
「千晶老師，你會去大浴場嗎？」
「我們也想一起去～～」
尖叫聲從女生們之間發出來。
「不准來大浴場偷看喔，畢竟沒有女生會主動偷窺的啦。」
麻生這麼說完之後，笑聲猛然爆了出來。
「就算被罵也沒關係，我好想去偷看～」
有個白痴這麼說，是田代，真是受不了她。
以田代為首，千晶老師的女粉絲一心想留下和千晶的回憶，無所不用其極地展開攻勢。明明就已經忙得要死了，千晶，我真同情你啊。

用完晚餐，就在我準備回房間的時候，千晶因為有事而不在座位上。他完全沒碰他的餐點，連碗都還是倒扣地放著。

一回到房間，我就覺得房間裡面好冷。

「咦？怎麼又變得這麼冷？」

岩崎把暖氣的風量轉強。

「空調該不會壞掉了吧？」

「岩崎，來下將棋吧。」

「喔，要賭什麼？」

岩崎和桂木開始下將棋了。

「岩崎，大富翁可不可以借我？川本他們說想玩。」

「嗯。不要把棋子弄丟喔。」

「稻葉，你要不要到隔壁房一起玩大富翁？」

「我等一下再過去，我想先去買個水。」

我走在走廊上，幾乎所有房間的門都是敞開的，歡樂的吵鬧聲傳了出來。今天是畢業旅行的第一天，大家都很興奮，還有些傢伙已經迫不及待地跑去大浴場了。

我走到大廳之後，發現千晶被女孩子們抓住了。大家全都緊貼著千晶，又是摸他，又是抓他手臂，又是摟著他，不斷地和他合照。要是被青木看到，她一定會嚇壞吧，然後千晶大概會被告性騷擾上百次（就算是女方主動，青木還是會責怪男方）。

千晶一和我對上眼，就甩開女孩子們靠了過來。

「喔～稻葉！正好，剛才那件事啊……」

「啊？剛才那件事是什麼事？」

當我一這麼回答，千晶就用力地把我拉過去，在我耳邊小聲地說：

「配合我一下啦，蠢蛋！」

「多給女孩子們一點福利啦，老師。」

「我很忙，沒時間搞什麼攝影大會啦！」

「用這種招數，到時候被女生們討厭的可是我耶。」

「反正你又不需要女生。」

「什麼叫不需要女生啊！」

女生們喀嚓喀嚓地拍著竊竊私語地將臉湊在一起的我們，總覺得我應該會被大家罵到臭頭。

「喔，對對對，剛才那件事嘛。對啊，你聽我說啦，老師。」
「那我們就到那裡去吧～」
故意大聲說了這句話之後，千晶便拉著我離開了現場。
「拜拜啦，各位同學。回頭見吧～」
令我意外的是，女孩子們全都乖乖地目送揮著手的千晶離開。我看見田代捧腹大笑的模樣。
我在自動販賣機區買了水，千晶則在自動販賣機的影子下抽菸。吁——他吐出一大口煙。
「你已經累了嗎？」
「我可是調養過身體之後才來的。畢竟我大概不太可能有時間喊累，而且在這種地方，要打個點滴也沒辦法啊。」
雖然嘴上說調養過身體，千晶的臉色還是很黯淡，應該是因為天氣冷的關係吧？
「這間飯店還滿破舊的耶。該怎麼說呢，就是整體的感覺。」
「這裡的確歷史悠久，不過最近才重新整修過啊，你不覺得亮晶晶的嗎？在接

待團體客方面，這間飯店的口碑一直很好，之前好像也經常接畢業旅行的客人——雖然最近都一直拒絕學生入住。」

「為什麼？」

「因為很煩吧～」千晶笑著回答。

「我覺得團體客都很煩耶～就算不是學生也一樣。」

「好了，我要走了。」

千晶捻熄香菸。

「以後要再幫我解圍喔，稻葉。」

我也舉起手回應他。

「畢業旅行真是非常有趣呢。」

富爾突然出現在窗框上。

「富爾。」

「你好，主人。」

一如往常的，富爾誇張地敬了一個禮。

「年輕人的精力彷彿煙火，在各個地方華麗地綻放，連小的都覺得自己跟著有活力起來。」

「因為大家的情緒都很亢奮啊。」

「尤其是田代大人她們幾位淑女的能量都是充滿活力的薔薇色，真是相當美麗。」

「噗哈！」

我把喝進嘴裡的水噴了出來。

「那個能量真的是粉紅色的啊！哈哈哈哈!!」

富爾驚訝地看著笑得東倒西歪的我。太好笑了，想不到那股能量真的是粉紅色的！

我去第二組的房間看了一下（大家玩大富翁玩瘋了）之後便回到第一組的房間。這個時候，岩崎和桂木的將棋戰已經趨近白熱化了。他們的賭注不是錢而是零食，真可愛。

「一開始本來說要賭一千圓，可是我們覺得這樣輸了之後，感覺一定會很差～」

我看向窗外，雪花紛紛飛舞。滑雪場點上了燈，為整座雪山染上了夢幻的色彩。

「這趟旅程結束之後，二年級也結束了哩，高中就只剩下一年了……」

朋友們像這樣在同一間房間裡玩遊戲，無憂無慮地笑鬧、聊天……立志升學的傢伙們或許還能再玩一會兒，但是就業的人就得先踏進嚴苛的社會，「長大成人」的日子越來越近了。

上野回來了，所以我們兩個人便一起去大浴場。

「頂樓好像有露天浴池喔，稻葉。」

「哇?!」

「當然，禁止學生進去洗澡。」

「但是超冷的耶?!泡進浴池之前應該就先結凍了吧！」

「會縮起來吧。」

「啊哈哈哈哈哈!!」

在大浴場裡盡情地泡了澡之後，我們回到房間鋪好了四人份的墊被。一鑽進被子裡，就覺得非常暖和。

我一邊吃著零食，一邊和上野聊著一些沒重點的話。其他的房間也傳來了笑聲和喧譁聲。

對戰結束之後分別前去大浴場的岩崎和桂木都回來了，所以我們依約打起了枕

頭仗。只不過我們都沒想到裝了蕎麥殼的枕頭出乎意料地硬，被打中的時候痛得要命！

「好痛～」

被擊中臉的桂木發出慘叫聲。

「哈哈哈哈！」

「被這個枕頭打到真的很痛啦！」

哐噹！砰！

「糟糕！果汁！」

「不要灑在榻榻米上喔！」

「哇啊啊啊。」

在小聲地敲門之後，拉門被拉開了。是千晶。

「不要吵了，差不多該睡覺了吧～」

「老師，你還要巡房喔？」

「到女生的房間去的話，應該超受歡迎吧？我好羨慕喔～」

大家都笑了，只有千晶沒笑。

「負責巡女生房間的是田丸老師跟中川老師。因為要是我去的話，一定會被拖到房間裡面，到時候被怎麼樣都不知道了。」

「呀哈哈哈哈，有可能！」

「好恐怖～」

「男人的夢想……！」

「商校的女生為什麼這麼強勢啊？」

千晶感歎地用力搖搖頭。

「的確很強勢。」

我們也都點點頭。

「畢竟女生的人數佔有壓倒性的比率嘛。」

「所以啊，還是跟普通科的女生不太一樣吧。」

「是嗎？」

「嗯，不一樣、不一樣。就是……還是比較安分啦。」

「是嗎，老師？」

「我沒去過普通科，所以不曉得啦。不過啊，我之前教的學校是男女學生各半，那裡的女生……和這裡的女生比起來，確實比較安分……」

「果然，女生沒有男生是不行的啦。」

桂木自以為是地這麼說。

「嗯。不過，女生的人數還是多一點比較好。」

千晶一邊這麼說，一邊在門口坐了下來。

「是嗎？」

「那是因為老師受女生歡迎的關係啦。」

「不是。只有男生的話，氣氛應該會很暴戾吧？所以如果硬要比較，還是女生多一點，這個世界才會和平運作喔。」

「喔～」

「女生可以用人數優勢稍微壓住男生，但是還是會在意男生的看法。男生雖然稍微被女生壓制，可是因為女生會關心男生，還能讓男生保有尊嚴，所以我覺得這種狀態就算相當理想了。」

千晶拿出香菸點燃。

「原來如此～」

「好像真的是這樣。」

「……老師抽菸的樣子好帥喔。」

桂木突然這麼說。

「是嗎？」

千晶偷笑了一下。

「我普通科的朋友說啊，看到老師抽菸的樣子，就決定戒菸了。」

「所以那個傢伙抽過菸喔？你怎麼在這種場合說出來啦？」

我苦笑道。

「沒關係啦，反正他已經沒抽了。」

「為什麼他看見老師抽菸就決定戒菸了？」

「他說，因為老師太帥了，相較之下，自己抽菸的樣子拙斃了。所以在自己能夠很帥地抽菸之前，他說他不會再抽菸。」

「哇!!」

大家全都欽佩不已。

經他這麼一說，千晶確實很適合抽菸。千晶總是把香菸放在左胸前的口袋裡，然後用左手拿出來，輕輕地甩出一根香菸，再用右手拿起打火機，臉傾向右邊點火，同時用左手把香菸收回口袋裡。

「啊，原來是這樣！」

我拍了一下手。

「幹嘛啊，稻葉？」
「千晶抽菸的方式啊，我就覺得我在什麼地方看過。是史提夫麥昆⑫！」
「誰啊？」
上野瞪大了眼睛。
「……應該是……演員吧?!」
岩崎和桂木面面相覷。
「那個叫什麼來著？片名我忘記了，不過抽菸的方式就跟電影裡面的麥昆一樣，用左手從左邊的口袋裡拿香菸。你該不會是模仿那個的吧？」
我說完之後，千晶笑著點點頭。
「果然。」
千晶伸出左手翻了一下。
「用非慣用手做的動作看起來會很性感喔。好好記住！」
「咦——?!」
所有人全都大感興趣。
「你們倒是都能隨口說我這麼受歡迎很好什麼的，不過啊，不只是女生，要讓別人注意到自己，是需要努力的耶！完全不努力就想要引人注目，那根本就蠢斃了！要這樣引人注目的話，別說受女生歡迎了，那會把自己往死胡同推。首先要做的就是先磨練自己，之後呢，就算一句話都不說，照樣會受到女生們歡迎啦。」

大家積極地專心聽著千晶的話。不管怎麼說，從千晶嘴裡說出來的就是很有說服力。

「意思是你努力過了。」

我這麼說完，千晶便「呼——」地吐出香菸的煙。那副模樣啊，簡直就像是從時裝雜誌裡走出來的人一樣。

「我當學生的時候完全沒在唸書，滿腦子只想著當時流行什麼——不只限於衣著，還有什麼是好的、自己最想做的是什麼。」

「哈哈哈哈。」

「我的朋友當中，有人是時裝模特兒，有人是名人的兒子，所以和同伴間切磋琢磨的環境也很不錯。你們知道切磋琢磨是什麼意思嗎？」

「對不起，我不知道。」

⑫譯註：Steve McQueen，一九三〇～一九八〇年，美國電影演員，代表作有《豪勇七蛟龍》（The Magnificent Seven）、《第三集中營》（The Great Escape）、《天羅地網》（The Thomas Crown Affair）等等。

上野搔搔頭。

「請回答，稻葉同學。」

千晶點名我。

「呃～就是互相努力、互相磨練？」

「喔～」

「所以我可不是為了受女生歡迎才這麼做的喔。」

「咦，是嗎？那是為什麼？」

「是為了追求什麼是最適合自己的。用最簡單的說法來說的話呢，就是『我想引人注目』啦。」

「啊～」

「你們這個年齡的小鬼都會誤會『想引人注目』的意思。不是只要能引人注目就好了吧？用壞的方式引人注目，根本就算不上引人注目。真正的引人注目啊，是什麼都不做，光是站著就能吸引別人的目光。可是，我說的不是衣著打扮時髦或是長得帥，就算沒有什麼特色，還是會吸引別人注意……就是這樣。」

「沒有什麼特色還會吸引別人注意嗎？」

「沒錯。這就是『有品味』。」

「品味……」

我們全都丈二金剛摸不著頭緒，真是難懂的概念。

「當然，清潔第一。用太多整髮產品或是搽太多香水自然不合格，服裝也要符合個人的個性，讓別人覺得『喔，你穿著好貨色哩』，我說的好貨色並不見得是名牌貨喔。不管是不是名牌貨，每個人嚴選出來的東西就是好貨色。接下來，就是看每個人能不能把嚴選出來的衣著穿得好看了。」

「原來如此……」

長谷的模樣浮現眼前。

「然後，能不能把自己精挑細選的衣服和配件穿好，也和正確的姿勢和走路方式的好壞有關。坐姿、站姿、用餐的方式，這些東西全都是息息相關的。這就是『舉止』。」

「嗯～好深奧！」

「能夠做到這些，才能『引人注目』喔。就算什麼都不做，也沒穿名牌貨，其他人還是會說：『你們不覺得那個人滿帥的嗎？』」

「嗯～」

「我會開始學合氣道，是因為國中時代認識的好朋友真的帥翻天。他身材高

大，走路的姿勢和站姿都毫無破綻，那個傢伙默默地站著的時候，我都會覺得他的身邊吹著清涼的風。我聽說他是大戶人家的少爺，從小時候就開始學合氣道，結果我就決定也要學了。」

「你是因為想變帥才學合氣道的喔？」

「那又怎麼樣？」

千晶「呼——」地吐出一口煙。

「可是，武術真的很棒，可以學會禮儀和正確的舉止，功力好的話，還能增添自信。別看我這樣，我可是很認真地練過的喔！」

「……原來是這樣啊！」

「隨隨便便地靠做壞事來吸引注意，那是頭腦不好的小鬼才會做的事。你們至少好好思考一下。與其用錢，還不如多用腦哩。」

「唔~嗯……」

大家似乎都被千晶洗腦，開始思考了。確實，千晶說得也沒錯……

「說什麼不要用名牌貨、不要用錢，可是你自己用的名牌貨也不少吧，老師？」

我這麼奚落之後，千晶淡淡地回答：

「我是有錢人，所以沒關係。」

完全接不下去！

「甘拜下風!!」

我們全都跪了下來。

就在這個時候。

一聲巨大的「啪嘰」聲響起，房間也隨即在瞬間暗了下來，害得我們全都嚇得跳了起來。

「怎、怎麼了？」

「嚇、嚇、嚇、嚇死我啦!!」

「怎麼回事？那是什麼聲音？」

千晶站了起來。

「去檢查窗戶！還有所有的插座！去看看電視後面，還有空調。有沒有什麼地方的溫度特別高？」

我們分頭檢查了窗戶、插座、電視和空調；千晶則去看了廁所旁邊的總電源。

「沒有異狀。」

「總電源也沒有問題。究竟是怎麼回事啊？」
「啊，又變冷了，可能是空調的問題，老師，這台空調好像故障了耶。」
「是嗎？那我去跟工作人員說一聲。」
這麼說完，千晶便走出房間。
「嚇死人了。」
「好恐怖。」
「到底是什麼聲音啊？」
大家全都睜大眼睛看著四周。
我走進廁所，把富爾叫了出來。
「剛才的聲音是RAP吧？」
我對富爾說。
RAP不是流行音樂，而是一種靈異現象，代表「靈發出的聲音」。聲音的種類從水滴下來一般細微的聲音到大炮似的巨響都有，五花八門。
「是的。你真清楚呢，主人。」
富爾好像很想加一句：「你明明就沒有靈能力。」
「因為我經常在公寓裡聽到RAP啊。」

像我這種靈力駑鈍的傢伙很難區分出一般的聲音和RAP的差別，不過還是可以依稀辨認。和一般的聲音比起來，RAP比較有「穿進耳膜」的感覺，上野剛才也說了，就是會讓人覺得「很恐怖」。

「旅館和飯店裡面是一定會有幽靈的，可是……這裡也有嗎？」

富爾聳聳肩。

「當然有。任何地方都有靈的存在。」

「是怎麼樣的傢伙？」

「嗯，有很多種喔。這棟建築物的歷史悠久，進出的人們也很多，光看這樣，就有很多種類了。」

「嗯~說得也是啦。這裡搞不好也發生過意外或是事件，應該也有人死掉吧……」

「不只有靈，這裡也留有很多『念』。」

「念啊……」

人的念會留在——或者說烙印在現場，本人可能早就遺忘那些情感，而到別的地方去了，可是情感還是會永遠留下來。

「進出的人們很多，工作人員也很多，所以一定發生過很多事吧。」

越是怨恨和悲傷的念，越容易留在現場，甚至讓那個地方記住當時的整個「場景」。這間老舊的飯店記憶了人們各式各樣的情感：那間房間、這條走廊、工作人員的更衣室、大廳角落的吧台——人類的「愛恨情仇」不斷地在這些地方重複上演，而那些憎恨和悲傷也全都像是沉澱物一般累積了下來。

「不過，應該不用特別留心吧？反正住飯店的又不只我和大家，每個人都會來住。」

聽我這麼說完，富爾便豎起了食指。

「如果真的有什麼問題，就是因為這裡密閉性很高。」

「密閉性？」

「建築物本來就是『被封閉空間』了，可是這裡卻因為雪而成為更加『封閉的狀態』。大量的人潮以同樣的狀態處在封閉的空間之中，就會讓那個地方產生力場，進而帶來各式各樣的影響。」

「封閉的空間裡有將近四百個小孩……」

「要是在這裡產生的能量不純，就會召喚出魔物……不過這種事情應該是不可能發生吧。」

「廢話，又不是漫畫。」

「容易受到影響的人或許會出現靈障吧。不過應該也不至於到靈障那麼嚴重的地步。」

「那也……沒辦法囉，我也不能做什麼啊。」

秋音的確也這麼說過。

秋音去畢業旅行的時候，她住的飯店本身是沒什麼狀況，不過飯店後面緊臨的山好像就是個有問題的地方，所以飯店徹底地受到影響。飯店的營業很順利，其他的住客們也都很平常地度過入住的時光，可是秋音卻說她沒辦法吃飯店提供的餐點。

「這就是黃泉戶喫⑬。吃了那裡的餐點的話，就會受到影響。」

秋音的靈力很高，受到的影響也會比較大，至於其他的學生們就算吃了也沒事，但偶爾還是會有比較敏感的學生受到影響。有的學生出現身體不適的狀況病倒，也有的學生半夜睡不著覺，不過秋音他們只在那間飯店住兩個晚上，因此沒有再發生更嚴重的事態。秋音也完全沒說：「那座山有問題。」只把除魔的護身符給了不安地向她說：「該不會有什麼問題吧？」的朋友。

⑬譯註：日本神話，意思吃了黃泉之國煮的食物之後，就會無法回到現世。

「對了，我也有收到那個護身符。我記得應該是夾在學生手冊裡……」

「主人，您是不會碰到靈障的，請放心吧。」

富爾呵呵地笑了。

「你的意思是我很遲鈍嗎？」

「小的怎麼可能這麼想！哎呀呀……」

一面這麼說，富爾一面像往常一樣誇張地敬了一個禮，他的額頭幾乎要碰上腳趾了。這副態度實在是太矯情了吧！

那天晚上，我們平安無事地入睡了。凌晨兩點上床睡覺——相較之下，這個時間似乎還算早吧。

好玩嗎？

隔天，我在早上五點的時候醒過來，真是可悲的習慣。

「好冷！」

我再次把不知道什麼時候又開始變成「弱」的暖氣重新調成「強」。

「這個空調果然壞了吧？」

我靜悄悄地走出房間去洗臉。

有些開著門的房間還傳出說話聲。那些傢伙絕對不可能是一大早就爬起來的，所以一定是熬夜到現在。白天你們就慘了～

「嗚喔喔，好冰！」

雖然我已經習慣冷水了，不過雪山的水還是讓我冷得發抖——得混點熱水才行。

從洗臉台的窗戶看到的早晨雪山還是漆黑一片。

「啊，不過雪停了。」

深夜時分的滑雪場橘黃色燈光熄滅了，山脈的剪影黑鴉鴉地矗立在深藍色的天空中。

「滑雪……我學得會嗎……」

我們學校租了半座滑雪場，分成上午和下午兩個時段，每個班級都有一個滑雪教練負責指導，就這麼持續三天……

「對於不會滑雪的人來說，果然是地獄啊。」

我搞不好也是其中一人，真是讓人心情苦悶。

「吃飽一點喔。光是穿上雪橇站著就會很累了～」

麻生這麼說，所以我猛吃了一大堆早餐；千晶則是一直站在走廊上跟別的老師說話。

接著，所有的學生都穿上了滑雪裝備到大廳集合時，穿著自家裝備的千晶又讓女孩子們發出了高八度的尖叫聲。

他的滑雪裝是銀灰色的，前面有三顆藍色的雙排釦，胸前還繡了一個徽章；黑色皮帶和黑色靴子上有紅色車線；黑色的雪鏡還是那種鏡框包住整雙眼睛的款式，側邊鑲著金屬光澤的藍色線條；最後是紅色手套和藍色的帽子（這是西雅圖水手隊的棒球帽）。

以整體來看，千晶的穿著算是爽朗簡單的運動風格，而看起來很有型的原因……是配色的關係嗎？昨天晚上聽了課的我和上野、桂木、岩崎全都佩服地觀察著。

「哎唷～千晶真是的，怎麼今天也這麼帥啦!!」

田代用手機喀嚓喀嚓地拍著照。

「開始上滑雪課之後就禁止使用手機了喔，田代。」

「啊，我忘了。好險、好險～」

A～J班分成A、B、C、D、J班的第一組和E、F、G、H、I班的第二組兩組。我們第一組是在上午上滑雪課，所以得把雪橇搬到指定的地方去；第二組可以先自由活動，因此大家要玩雪也無妨，會滑雪的人也可以自己先滑。

天氣晴朗，在藍天之下的雪山非常刺眼。沒有風，天氣也不太冷。

負責指導C班的教練是兩個年輕的男子，他們是當地人，論滑雪當然也是職業級的，不過不管怎麼看，站在旁邊的千晶看起來都比較專業，害我有點同情他們。女生們的眼裡只有千晶，其他班級的女生們也不停地偷看這裡，還可以聽見她們說著「好帥～」、「好不甘心喔～」的聲音。

老師們只是負責監控，不會滑雪。可是即便如此，千晶依舊光是站著就很帥了。

「站姿很帥嗎……原來如此啊。」

聽完千晶的話之後，我滿腦子想的都是長谷。不僅品味類似，長谷和千晶的思考模式似乎也很像。還有昨天千晶提到的朋友——「那個傢伙的周圍吹著涼爽的風」，根本就像在說長谷。長谷不僅同樣是大戶人家的少爺，還學過合氣道哩。

千晶說過，他是想變得像那個朋友一樣帥，才開始學合氣道的。我不難了解他的心情——因為我也覺得長谷的帥氣是源自於他學過合氣道這樣的武術。不管是儀態、走路的姿勢還是站姿，或是更進一步的禮儀、精神力和自信，長谷都透過合氣道學會了。

從磨練自己、鍛鍊自己開始——

（看了長谷之後，我更是這麼認為。千晶也是看了他的朋友之後，才這麼想的。不過話說回來，這兩個傢伙還真像啊。搞不好長谷和千晶、千晶的朋友都是同門的哩。）

我一邊想著這些事，一邊上著滑雪課。

「那麼，現在來練習穿上雪橇爬上斜坡吧。」

我們從使用雪板和雪杖的方法到如何爬上斜坡開始學，等到稍微能做一點滑降時，已經是午餐時間了。

「腳好痛！」

「腰好痛！」

有不少人抓不到訣竅，一直跌跌撞撞；也有立刻就開竅學會轉彎的傢伙。我也

是屬於馬上就學會的，也沒有跌個半死。就這樣，我們C班還算順利地結束了第一天的滑雪課。千晶在斜坡下方看著我們，還得不停地把故意跌倒的女孩子們扶起來。辛苦你了～

午餐在滑雪場裡的餐廳，由第一組和第二組輪流吃。就在我們第一組朝著餐廳前進的時候，第二組的同學和我們擦身而過，準備去上課。第二組裡的女性千晶迷遺憾地揮了揮手。

「啊～千晶老師。」

「我想跟千晶老師一起上課～」

「為什麼老師老是跟C班在一起啦～」

因為他是C班的導師啊。

餐廳準備的午餐是便當，不過還附了熱騰騰的烏龍麵。

「哎唷～累死了！」

「我都鐵腿了啦！」

「我看這三天應該可以減肥吧？」

「只要你不吃東西的話。」

「哈哈哈哈哈。」

「我滑了很久耶，應該很有天分吧？」

「我不行了……好想回家。」

滑雪初體驗讓大家有笑有淚，非常有趣，我也起了想再多滑一會兒的念頭。

「我要開動了。」

熱騰騰的烏龍麵很好吃。

千晶來到我的身旁，「呼——」地嘆了一大口氣。

「辛苦了。」

「真的是有夠辛苦。」

摘下雪鏡的千晶臉色很差，讓我有點驚訝。不過，他還是津津有味地喝著烏龍麵的湯。有食慾的話應該還不要緊吧？

「這好像……是我在畢業旅行之中第一次看到你吃東西耶。」

「嗯？嗯。」

千晶默默地吃著飯。

「你還好嗎？」

「吃得下應該就還好吧。」

千晶自己也這麼說。

明明是調養好身體才來的，他卻這麼早就累壞了，看來帶學生參加畢業旅行真的是一件苦差事——而且C班的副班導也沒參加（副班導是有，不過除了化學課之外，我幾乎沒有看過他，這是為什麼啊？副班導只是掛名的嗎？）。

「唉，只要一想到非照顧這些女生不可，連我也會立刻消瘦啦。」

女生一直在旁邊待命，準備待會兒跟千晶一起玩。她們不是對主人散發「跟我玩、跟我玩」那種撒嬌氣息的小狗……而是用發光的眼睛看著獵物的肉食性野獸。

「來吧，千晶，茶。」

「喔。」

「菸灰缸。」

「嗯。」

「你身體狀況不好，不要抽太多啊。」

「嗯～」

「藥呢？要不要吃一點？」

上野看著我的舉動，非常感動地說：

「稻葉，你好像媽媽喔。」

啊，該死！因為平常老是照顧小圓，一不小心就……

田代又笑著看著我們。

千晶津津有味地抽著菸。他的臉色好了一些，是因為放鬆的關係嗎？

「啊……覺得懶洋洋的。」

千晶扭扭脖子、轉轉頭，又嘆了一大口氣。

「我對冰天雪地果然沒轍。」

「你身體不舒服嗎？」

千晶搖搖頭，他的表情和平常不一樣。

「吃完飯的學生就到外面去～」

麻生說：

「在集合的廣播之前可以自由行動，不過禁止離開滑雪場喔。也不可以回來這間餐廳，要休息的就到有自動販賣機的小屋去。請各位同學絕對不要給一般的遊客添麻煩，知道嗎？還有，不要在建築物的屋簷下奔跑，雪可能會掉下來……」

學生們吵吵鬧鬧地開始站了起來。

「千晶老師，我們來打雪仗啦——」

「老師～」

女孩子們像蒼蠅一樣圍了上來，千晶則把她們趕開。

「我要開會，結束之後再去。」

「真的喔～」

「一定要來喔～」

走進滑雪場，讓溫暖的身體變得冰涼涼的室外空氣甚至讓我覺得很舒服。

「稻葉！來跟B班的傢伙打雪仗啦！」桂木跑來叫我。

B班和C班開始打起雪仗。兩班各自分出了自己的陣地，互相爭奪立在正中央的雪杖。這成了一場相當刺激的好遊戲，我們思考了很多作戰方式。

「我就說要從這裡進攻比較好啊！」

「這裡比較好啦！」

明明只是遊戲，有些傢伙卻不由自主地認真起來。

「好啦、好啦，兩邊都試試看吧。」

還有人出言安撫，這讓我見識到班上同學不為人知的一面。即便商科的男生很少，我還是很少跟其他的傢伙交際（我們班上沒有男生跟我同社團），這還是我第一次在校慶和運動會之外的場合和他們一起這樣單純地玩樂。

「對啊……我還沒跟長谷之外的人玩過哩。」

其中的原因之一是我放假的時候都在打工，接下來大概也不會改變，所以我還是把握現在，盡情跟同班同學玩吧。

「喔耶，贏了！」

「喔——！」

為了防止被敵軍的雪球打到，我們都在牆壁後面堆雪球，準備襲擊進攻過來的敵軍。敵軍也準備了陷阱和特攻戰略。

「衝啊——！」

岩崎帶頭催促我和上野前進。岩崎沐浴在敵軍的集中炮火下，以雪人的尊容戰死沙場。

「我們不會讓你的死白費的，岩崎！」

待在最前線的我和上野在這麼大喊的時候還很帥，不過因為偷工減料的關係，牆壁崩坍了，C班也和最前線的基地一起毀滅，把雪杖拱手讓給了B班。

「做牆壁的是誰啦！」

「耐震強度偷工減料，我要告你！」

渾身是雪的我們互相叫罵著，隨行的攝影師則笑著幫我們拍照。不知不覺，連別班的人都跑來看，還說他們也要加入。

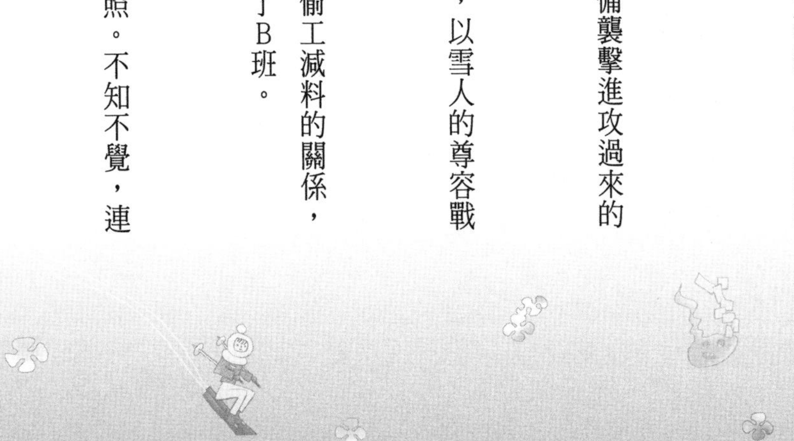

「吁～哈哈哈。好好玩喔。」

「熱死了，好想喝冰的～」

「去買個飲料吧。不過這裡有賣冰的東西嗎？」

「明天一定會贏！」

當我們走去販賣屋的時候，看見了千晶和女孩子們在打雪仗。和我們不一樣，他們只是單純地鬧著玩（這是理所當然的嗎？），可是能夠和千晶對戰還是讓女孩子們滿臉樂陶陶。被千晶用雪球打到的時候她們高聲尖叫，用自己的雪球打到千晶的時候，她們還是高聲尖叫，簡直就跟開心地翩翩飛舞的蝴蝶一樣。

也有一些女孩子站在旁邊觀戰。千晶是C班的導師，所以大家心中一定有種把他當成「C班的東西」的意識吧。對C班的學生來說是這樣，其他班級的傢伙也這麼覺得。這雖然無可厚非，不過在這種時候，還是不要在意那麼多，大家一起玩得開心就好……我是這麼想啦，但是實際上當然是不可能。該怎麼說呢，畢竟現在正值「尷尬的年齡」嘛。男生們是不太介意這種事情，不過女孩子似乎就不是這樣了。在一旁觀戰的女孩子們有人開心地用手機追蹤著千晶，也有人只是興趣缺缺地看著。

田代的說法是：

「我們也不想獨佔千晶啊。千晶也在別班教課，他要跟那些班級的學生們一起玩也沒關係，而且實際上也有很多學生根本不介意。只不過，要如何和千晶相處，這很微妙吧?!」

C班的學生不能太過主張千晶是「專屬於自己的東西」。

其他班級的學生不能太過主張千晶「又不是C班專屬的東西」。

只有能善用這兩者之間的微妙交集來和千晶相處的傢伙，才會獲得女孩子們的認可。

「女人心還真難捉摸啊。」

我買了自動販賣機的礦泉水，喝了一口。

「好好喝！」

小屋裡面有暖爐和長椅，很多學生坐在這裡聊天。除了千晶他們之外，還有其他小團體在打雪仗；也有堆雪人的團體。大家都隨心所欲地度過時光。

在門口的地方，有一群女孩子聚集在一起。

「真蠢。」

「低級死了。」

我聽見她們這麼說。女孩子們正在注視的，就是千晶他們。

「呵呵……」

這些傢伙是青木的支持者，也就是仇視千晶的一幫人。這些傢伙非常憎恨千晶，只因為他和她們信奉的青木是恰恰好相反的人（而且直到現在，她們都還對千晶在學生大會上罵青木一事感到不爽）。然而，千晶在學生們之間人氣超旺，這似乎讓她們非常不服氣。

「竟然故意跌倒，好讓那個人幫忙扶起來。我真是不敢相信。搞什麼啊？」

「身為女人，竟然對男人獻媚，真是低級死了。那不就跟單純的雌性動物一樣了嗎？」

「一點尊嚴都沒有。」

……我說妳們啊，討厭千晶無所謂（反正我也超討厭青木），但沒必要把單純地瞎鬧的女孩子們說成這樣吧？妳們又多清高？在妳們用那種沒水準的眼光看其他女生的時候，就已經不純潔了吧？

「那個人一定也覺得被女生摸到很開心吧。」

「真討厭，我都要打冷顫了。」

啪嚓。

「妳們這些傢伙！不知道千晶有多辛苦就不要在那邊隨口亂說話!!」

我很想這麼大喊，所以只好趕快離開現場。

看來崇拜青木的大多都是一些一廂情願傾向很嚴重的傢伙。她們就是對自己這麼沒自信，才會「完完全全徹底接受」美麗聰明又清高的青木（我實在很想說，這全都只是表面而已），可是就算這樣，對千晶和千晶的支持者反感應該也不太對吧？不，要是只有反感就算了，她們不應該把這種反感用這麼明顯的方式表現出來。連我都會乖乖聽青木說的話了——就算她一再地說一些讓我不爽的話。但是，青木的支持者卻會時而做出攻擊性的言行，真是一群無可救藥的小鬼。

青木沒有參加這趟畢業旅行似乎讓這些傢伙非常遺憾，所以她們才會遷怒於千晶。

雪山的太陽在瞬間西斜，我們也回到了飯店。

在飯店的玄關整隊之前，學生們全都在各處圍著小圈圈，開心地聊著今天的事，千晶也在女孩子們的包圍下回來了。他白天的時候沒什麼精神，不過現在的臉色好像還不錯。女孩子們正在為他摘掉帽子撥頭髮的動作尖叫不已。就在這個時候，千晶突然大喊：

「喂！那邊的！快點離開！」

我看過去，發現被千晶吼的那群人裡，有一些是青木的支持者。那幾個女生全都露出明顯的惱色，離開了那個地方。然而，千晶卻用更大的聲音怒吼：

「我說不准在屋簷下奔跑！」

喔，原來是這樣——我看著女孩子們的頭上那一排屋簷，上面積了大約一公尺左右的雪。飯店應該都有在做除雪作業，仔細一看，屋簷下面也有「注意上方」的標示。照理說是不會有什麼太大的危險，不過千晶還是警告了她們。然而，那些女生卻對千晶的警告充耳不聞，繼續沿著屋簷下面跑。

「那些傢伙……！」

我「嘖」了一聲。

千晶邁著大步走向那些女生。

「我是要警告妳們這樣很危險！麻生老師不是說過了嗎？」

「我的名字又不是『喂』，也不是『那邊的』！」

其中一個女生這麼說。就在這個時候，「啪——!!」雪從千晶和那個女生的上方落下。

「呀——千晶老師！」

「千晶！」

我和田代衝了過去。千晶和那個女生雖然完全被埋住了，不過雪量並沒有那麼多，所以千晶立刻就從雪中站起身，並且緊緊地摟住那個女生的身體。真不愧是千晶。

「妳沒事吧？」

「啊，沒、沒事……」

「這下子妳就知道了吧？不要在屋簷下奔跑，很危險的。其他同學也一樣！」

被千晶這麼一說之後，那個女生縮成一團。其他被千晶解救的女孩子們也臉色鐵青，「哇」地哭了出來。

「啊，不是啦，我只是說很危險，要妳們注意一下而已……」

「是你的臉啦，老師。」

「臉？」

鮮紅色的血滴滴答答地滴在白色的雪上。千晶的太陽穴被割傷了。

「啊……」

「有沒有誰有手帕？」

我問田代她們。女生應該會帶手帕吧?!

「我有！」

「拿去!!」
「拿去!!」
我在一瞬間募集到無數條手帕。
一邊壓著傷口，千晶一邊詢問那些女生，她們默默地搖搖頭。在這種情況下，她們就不敢端出那副臭架子了啊。
「妳們有沒有受傷？」
我看見一個黑色的碎片混在雪裡。
「屋瓦？就是這個東西割到千晶的頭嗎？要是直接命中的話可就不太妙了吧？」
這麼一想之後，我忽然全身發涼。
「老師，你沒事吧？」
「你還好嗎？」
大家都圍著千晶遞出帕巾。女生還真的全都會帶手帕哩。
「怎麼了？」
麻生和井原過來了。
「沒事，只是掉了一些雪下來而已，學生沒有受傷。不過還是在屋簷下面擺個什麼東西比較好，像是椎形筒之類的。」

我看著雪落下來的屋簷。就只有那個地方沒有雪，根本就是直擊待在正下方的千晶。

「雪……會這樣掉下來嗎？」

在迅速暗下來的夕色中，飯店也逐漸變黑。我總覺得好像有人在看我，是我想太多了嗎？

我們整好隊依序回房的時候，經過了正在和飯店人員說話的麻生身邊。我聽見對方說：「我們飯店不會使用會跟雪一起掉落的東西。」

所以那不是屋瓦囉？那麼，那個黑色的碎片又是什麼？千晶為什麼會受傷呢？我實在想不透。

晚餐時間，太陽穴上貼著ＯＫ繃的千晶出現了。大家都很擔心，不過千晶卻笑著說：

「傷口只有一公分左右而已，沒什麼大不了的。」

可是，他的臉色更差了。而在吃飯的時間，他不是在跟麻生說話，就是離開座位看資料。結果在我看到的期間，他都完全沒有去碰餐點。他有可能是在學生們離開之後才用餐，不過搞不好……

「昨天的晚餐跟今天的早餐……千晶都沒吃嗎？」

一陣不安的感覺掠過我的胸口。

吃完飯、洗了澡之後，第一天滑雪的疲勞似乎全跑出來了，大家都在棉被上陣亡。一台石油電暖爐被送進我們第一組的房間裡。

「哈哈，空調果然壞了。」

「痛死了～」

桂木揉著腳。

「怎麼了？」

「剛才洗澡的時候跌倒了。」

桂木捲起運動褲的褲腳，他的右膝蓋下方有一塊瘀青。

「我去幫你拿痠痛貼布。」

「喔，謝啦，稻葉。」

「醫務室在……二樓嘛。」

我走下樓梯。到了二樓的時候，電梯門剛好打開，田代和別班的女生從裡面走了出來。

「啊，稻葉。」

「怎麼了？」

「我去Ｄ班的房間聊天，結果這個女生突然身體不舒服，我正好要把她帶到護士阿姨那裡去。你呢？」

「桂木的腳受傷了，我要去拿痠痛貼布。」

二樓的大和室變成了醫務室，有隨行的護士阿姨留駐在裡面。

我們一拉開拉門，正在看著書的護士阿姨濱中便抬起臉來。

「我是Ｄ班的窪田，有點不舒服……」

護士阿姨把手放在窪田的額頭上，也檢查了她的口腔內部。

「感冒了嗎？喉嚨痛不痛？有沒有流鼻水？」

窪田搖搖頭。

「我覺得眼睛裡面很痛，感覺好累……」

「咦，怎麼又是這樣？」

「怎麼又是這樣？」的意思是……還有其他相同症狀的病患嗎？

這間大和室被拉門分隔成三個房間，護士阿姨的房間將男女休息室左右隔開。

由於拉門已經稍微打開，我瞥到了裡面——無論是男子休息室，還是女子休息室，都已經有患者躺在裡面了。

「現在正在流行感冒嗎，老師？」

田代問護士阿姨（她不是老師吧。不對，是老師沒錯，她說她也在護校教課）。

「現在是流行性感冒的時期呀～而且大家都是明明很累又不睡覺吧？所以才會一直有人病倒。只不過，有很多學生都是沒有感冒卻跑來說身體很不舒服呢。」

最後窪田就暫時先在女子休息室休息，我則拿到了痠痛貼布。

「稻葉、稻葉。」

就在我們走出和室的時候，田代開心地叫我。

「幹嘛？」

「A班呀～有一個稍微會通靈的人，一直說這裡的感覺很不好喔。」

「是喔～不過這也沒什麼吧？飯店怪談是大家經常說起的話題，會不會只是那個人太敏感啊？」

「可是，那個人說今天在走廊上看到一個穿水手服的學生喔。」

「水手服……」

「應該不太可能看錯吧。我們穿的是運動服，而且那個學生穿的水手服有點復古喔，聽起來感覺好逼真喔。」

「這裡歷史悠久，應該也有以前的幽靈吧……」

這個時候，千晶出現了。

「啊，千晶。」

千晶的氣色很糟糕。他沉默地把我們趕開，走進了醫務室。田代當然也跟在他後面。

「頭痛藥嗎？咦？我昨天晚上已經給過你了吧？」

「這個嘛……」

「你該不會已經吃完了吧，千晶老師？」

「呃，那個……」

「如果在正確的時間服用正確的劑量的話，現在應該不可能用完喔？你該不會加倍服用了吧？這樣會很麻煩耶。」

「對不起。」

千晶被護士阿姨罵了。

「你的傷口會痛嗎，千晶？」

千晶撥開了擔心地勾著他的手臂的田代，說：

「傷口是沒事，不過我從昨天晚上就開始頭痛，煩死我了。白天還比較穩定，可是到晚餐前又痛了起來……我也忘了從家裡帶頭痛藥來。」

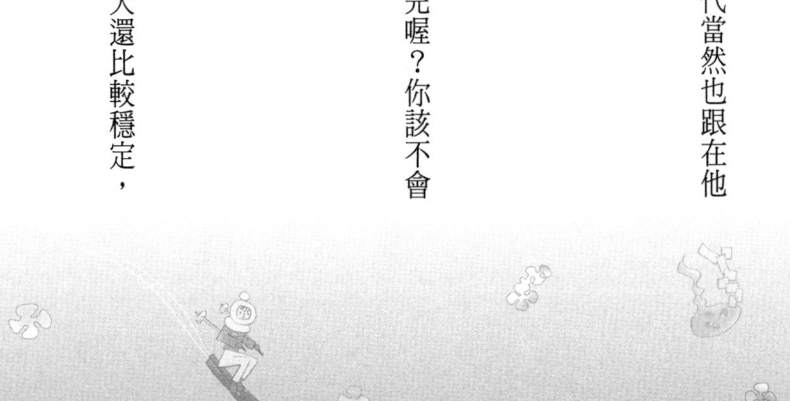

「就算藥沒效，也不可以一直猛吃。」

「對不起。」

我拉了拉千晶的袖子。

「幹嘛？」

我把千晶拉到跟護士阿姨和田代有些距離的地方，背向兩個人。

「真的很不舒服的話，我可以幫你做穴道按摩喔，老師。」

「……好耶。」

我曾經「治療」過千晶一次。田代那次我是被迫的，不過在千晶的那個時候，我成功地按照自己的意識進行了治療。千晶當然不知道這是什麼現象，但是他似乎接受了我說的「穴道按摩」這個藉口。

「所以你別再過度用藥了啦。」

在竊竊私語的我們兩人背後，田代對著護士阿姨說：

「妳不覺得那兩個人很『萌』嗎？」

「我不太知道『萌』是什麼意思耶。」

「老師，妳的人生損失一半了啦。」

「一半？這麼多啊?!」

「像我啊，光是看著那兩個人就很開心了喔，妳不覺得這樣賺到了嗎？」

「嗯～這麼說好像也是。那現在這樣看來，千晶老師是『老公』囉？」

「在我們這些粉絲之間也有很多不同的意見，但是我贊成稻葉是老公這個說法。」

「是喔～咦，為什麼啊？」

「喂！」

老虎不發威，妳把我當病貓啊，竟然在當事人面前說這種話。

「不要把我們當作『萌』的對象！」

「有什麼關係，反正你又不需要女生。」

「什麼叫做不需要女生!!」

「千晶也是，與其跟女生怎麼樣，還不如跟男生怎麼樣，才不會惹上麻煩，對吧？」

「哈哈哈，搞不好真的是這樣喔～妳在說什麼啊，白痴！」

田代的頭被敲了一下。

「說了白痴的話之後，我的身體好多了，濱中小姐，打擾了。」

「來，千晶老師。我先給你一次份的藥。」

「不好意思。」

我們離開了醫務室。

「千晶，你的身體不舒服嗎？」

「嗯……」千晶露出了不解的表情。

「就不穩定，時好時壞……大概是因為不習慣這邊的氣候的關係吧……而且我也好久沒來雪山了。」

千晶頻頻搖頭。千晶的貧血症是體質造成的，所以他應該已經習慣了，可是我總覺得他非常困惑。

「不是生病吧？」

田代擔心地抬頭看著千晶。千晶則彷彿要她放心似的，輕輕地拍了她的頭兩下。

我思考著別的可能性。

「不是靈障吧?!」

我在房間的廁所裡把富爾叫了出來。

「有可能喔。」

「果然。那些不是感冒卻身體不適的傢伙也是嗎?!」

「不見得所有的人都是這樣，不過若是波長吻合的人，光是進入某個場所就會受到影響。」

「是嗎……是波長的問題啊。」

富爾站在我膝蓋上的「小希」上面，雙手扠腰地說：

「千晶大人好像……是受了主人的影響哩。」

「受了我的影響……這是什麼意思？」

「因為你們兩個人的身體曾經結合在一起。」

「不要用這種奇怪的講法。」

「和田代大人一樣，那是『同步』之後留下來的後遺症。不過當然，這是會有個別的差異。」

「是喔，嗯……那我知道了。」

剛入學的時候我很冷漠，和田代不同班，在社團也幾乎沒跟她聊過私事。可是在治療過後，田代卻突然跟我熟了起來（直到現在也還是）。那不是因為她覺得我對她有恩，或是因為我們兩個人剛好都在那個悲慘的事故現場，而是透過治療，讓我們如同富爾所言——「身體結合」（用這種方式表達絕非我的本意）而有了一體感，這就是「同步」。

「千晶大人的話，則好像是當主人在身邊的時候，靈度就會上升哩——不管是好的方面，還是壞的方面。」

「咦？是我害千晶受到靈障的嗎?!」

「應該是說……他對靈變得比較敏感。」

「那我是不是不要接近千晶比較好啊？」

「不，主人在他身邊的話，會讓他的靈度穩定，所以與其遠離他，還不如接近他比較好。或者可以牽手，也會讓同步的狀態增強。」

「我怎麼可能和他牽手啊，這樣只會讓田代她們更興奮而已。」

我用力地搖搖頭。

「可是主人，有具體的行為，你的力量才比較容易發揮喔！畢竟人類這種生物不只注重心靈，也很注重形體嘛，必須仰賴五感生存才行。」

「這個理論我懂，但是我才不幹！」

咚咚咚，有人敲了廁所的門。是岩崎。

「你廁所也上太久了吧，稻葉！」

「不好意思，我在看書。」

「不要在廁所裡面看書啦！」

那天晚上，所有的學生幾乎都累得早早就寢，所以非常安靜。

零零落落地發生的奇妙狀況，全被我歸咎於老舊飯店所造成的。這裡有四百個小孩，所以當然會有神經質的傢伙，或對靈很敏感的傢伙吧。這裡聚集了各式各樣的「念」，而身處於交錯縱橫的「念」之中，會造成頭痛應該不是什麼值得大驚小怪的事。

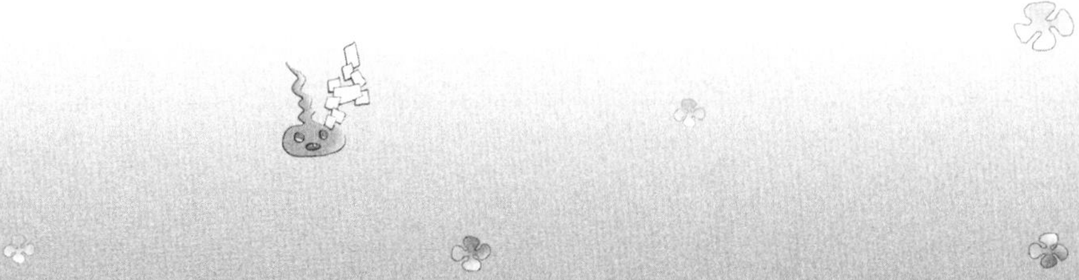

第三天

「還是很冷耶？」

早上，桂木很不滿地說道。

「會不會是這間房間的什麼地方有縫隙啊？」

「畢竟這間飯店很舊嘛。」

今天換我們下午滑雪，上午可以自由活動。

在飯店的玄關整隊的時候，我從窗外看見了坐在大廳沙發的千晶。

「千晶。」

我走進大廳叫他，於是他便抬起頭。雖然用帽子和雪鏡蓋住了臉，可是千晶的嘴唇還是毫無血色

「……開始點名囉，稻葉，去排隊。」

千晶的聲音很沙啞。看他這副樣子，應該是今天又沒吃早餐了吧。

我在千晶旁邊坐下來。

「喂。」

「噓。」

我摟住千晶的肩膀，把右手放在他胸前。

「稍微閉個眼睛吧，老師。」

千晶好像真的非常疲累，我可以看見那個黑鴉鴉的「傷害」，不過有點不一樣——雖然我也不太清楚有什麼不一樣。

「呼。」

千晶吐了一口氣，硬邦邦的身體也跟著放鬆了。

「什麼都別問喔，老師，這個技術是最高機密。」

我賊笑著說。千晶也稍微揚起嘴角回應：

「你可以靠這個賺大錢喔。」

對啊，前提是我不會因此折壽的話。

下午組的第一組在滑雪場解散了。千晶似乎在被女孩子們抓住之前，就先躲進餐廳裡避難了。

我走到恨恨地窺視著餐廳裡的田代她們身邊。

「田代，我肚子餓了，妳有沒有帶什麼吃的？」

「啊？你說什麼啊，稻葉？不是才剛吃過早餐嗎？」

嘴上雖然這麼說，田代還是從腰包裡面拿出一大堆巧克力啊、餅乾啊、牛奶糖什麼的。是我主動開口跟她要東西吃的，或許不該說這種話，不過她為什麼要帶這麼多食物啊？遇難時的緊急食糧嗎？

「來，還有營養口糧，巧克力口味的。」

「拿去，這個是紅豆小饅頭，很好吃喔。」

櫻庭和垣內也一一拿出點心來。我就說，妳們到底為什麼要帶這麼多東西啊！

「謝啦，得救了。」

「稻葉，你是不是平常吃慣了好東西，所以不太滿意這裡的料理呀？」

吵鬧三女組笑著說。

「喔，沒有啦，這裡的料理已經比我想像中好吃了。」

「不過午餐的便當就有點那個了呢。」

「他們沒辦法準備得那麼周全呢。」

「應該是預算的問題吧。」

「沒想到竟然真的找到願意接我們學校的飯店耶。這根本就是奇蹟吧？」

「老師們一定緊張死了。」

「千晶也在新年期間瘦了好多呢。」

妳們觀察得真仔細啊。

「稻葉～又要跟Ｂ班對戰了喔！」

上野來叫我了。

「喔，我先走囉，謝謝妳們的招待啦。」
吃了甜食就會有力氣。
「今天要贏喔——！」
吵鬧三女組為我加油。上野看見這一幕之後，便說：
「稻葉啊，你在跟那三個人裡面的哪一個交往嗎？」
「啊？沒有啊。」
這個出乎意料的問題讓我嚇了一跳，而上野也露出了訝異的表情。
「我還想說你們的感情一直都很好。」
「我跟她們說話的時候跟對男生一樣啊，從來沒把那些傢伙當成是女的。」
「咦？可是她們明明就是女的啊。」
「話、話是這麼說沒錯，可是田代根本就是個男人耶！」
「你能這麼想真的很了不起耶。不像我，還是會把女生當作女生。你不會想跟她們交往嗎？」
「我才沒那個閒工夫哩。」
「這是有沒有閒工夫的問題嗎?!」
「不——！這你就錯了，稻葉!!」

岩崎用一種高高在上的口氣說道。他是什麼時候加入我們的啊？

「那只是單純地因為她們之中沒有你喜歡的類型而已！換言之，你喜歡年紀比你大的女生！像上班族那樣的!!」

幹嘛隨便判斷我喜歡什麼女生啊。

「像你這種喜歡年紀比你大的女生的人，會不把高中女生看成女的也無可厚非！嗯、嗯，我能理解喔，稻葉！上班族女郎的緊身裙……棒呆了!!」

「上班族真不錯呢……我好想被ＯＬ大姊姊說『不行喔』。」

「你們Ａ片看太多了。」

話說回來，我喜歡的女生類型到底是什麼啊？

我可從來沒有想過哩。

田代……是哥兒們；秋音……不管怎麼想都是大姊姊，偶爾還會覺得她是大哥；麻里子……是個歐巴桑；打工那裡的島津姊……雖然是岩崎憧憬的上班族女郎，不過她對我來說只是公司裡最恐怖的上司而已；學生會會長神谷也是個不折不扣的「大哥」。

「我的身邊怎麼都是男的啊?!」

……

算了，沒關係啦，反正我現在也沒有餘力交女朋友。

我們Ｃ班的男生又和Ｂ班的男生打了雪仗。不過，我們還是輸了。

「氣死我啦！」

「明天一定要贏!!」

「噗哈哈哈哈，你們就盡量來挑戰吧。不管幾次我們都會應戰的～」

「我超火的啦!!」

這個時候，Ｄ班和Ｊ班（普通科）的男生過來問大家要不要一起打雪仗。

「要不要增加牆壁，把雪仗的規模搞大一點，怎麼樣？」

「好耶，好耶！」

就這樣，雪仗演變成ＢＤ對ＣＪ的聯軍大會戰，決戰日就在明天。

「開戰啦——!!」

不知道怎麼搞的，大家的情緒興奮得不得了。男生果然就是喜歡這種東西啊。

和所有的參戰者一起討論作戰方針非常有趣——畢竟我從來沒有跟普通科的傢伙說過話（班級又離很遠）。

「穿上白色的衣服，在地上匍匐前進，接近雪杖！保護色大作戰！」

「挖地道到插雪杖的地方！」

諸如此類的白痴戰略不斷地拋出來，讓大家笑得東倒西歪。沒有人知道雪仗大會戰的規則是什麼，所以大家便口無遮攔地亂說一通。

「穿白色的衣服是什麼爛提議啊！一定會被發現好不好!!」

「地道是要什麼時候挖？又要怎麼挖啦？」

「呃，不行嗎？」

「你是認真的喔？」

「哈哈哈哈!!」

「哎唷！別鬧了啦！這樣根本沒辦法好好思考。」

這個時候，千晶從樹蔭下走了出來。

「你們真是有精神啊，坐在雪地上就瞎鬧起來了。」

「喔～千晶老師！」

「過來啦，老師。要不要加入我們？」

現場熱鬧得令我驚訝。尤其是J班的傢伙，竟然在千晶來到我們身邊時，就不加思索地站起來迎接……該怎麼說呢，好像大家都靜不下來的樣子。

「畢竟平常幾乎毫無交集嘛。」

普通科的課程當中，除了三年級的選修科目之外，幾乎沒有會計等等的專業科目。平常在學校，普通科的學生甚至見不到千晶，會常和千晶碰面的普通科學生，多半都是被叫到訓導室的那些傢伙。

「哇，雪仗大會戰啊，真不錯，感覺很好玩哩。」

千晶一邊抽著菸（他是為了抽菸而偷偷摸摸地從女孩子們那裡逃過來的），一邊笑著這麼說，其他男生也跟著他「嘿嘿嘿」地笑了。

「老師，你要不要也一起參加？」

「對啊，幫我們想一下戰略啦。」

「嗯？呵呵呵。」

千晶似乎完全恢復精神，太好了。

「啊，為什麼千晶在這裡？」

B班的傢伙在樹蔭下大叫。

「啊，是間諜！」

「他是間諜!!」

「什麼？千晶在那裡？他該不會想跟那邊的人聯手吧？太奸詐了！」

敵軍紛紛跑了過來。

「我們現在在開作戰會議耶。你們這些敵軍不要跑過來啦！」

「就算千晶是C班的導師，跟他聯手也太狡猾了！」

「來我們這裡啦，老師。」

「啊，你們打算挾持他嗎？滾開!!」

「偶爾一次有什麼關係！」

「不行！還我們！」

ＢＤ聯軍和ＣＪ聯軍開始拉扯千晶。

「喂喂喂。」

千晶一個踉蹌，跌倒在雪地上。

「快拉！」

「防守!!」

男生們在雪地上滾成一團。

「痛死了！可惡!!」

「不要走啊，老師!!」

「呀哈哈哈。」

「別這樣！好癢喔!!」

「老師，小心!!」

「哇哈哈哈哈。」

「哈哈哈哈哈！」

我們C班的人全都目瞪口呆地看著那些全身是雪、在地上痛苦地扭動的傢伙。

「男學生爭奪男老師……這樣可就沒立場笑女生了哩。」

雖然開玩笑的成分居多，不過男生們其實也想跟千晶一起玩，希望跟他有所接觸——這個想法讓C班的我們大開眼界。當然，C班的男生並不會對千晶有那種佔有慾，跟千晶比較好的反而是班上的不良小組。但是即便如此，別班的——尤其是男生，還是很「客氣」，不對，應該是「害羞」吧？上野在我旁邊小聲地說：

「我跟三谷唸同一所國中，經常去他家玩。三谷家有一個大他四歲的哥哥喔。三谷跟那個哥哥感情很好，我只有姊姊跟妹妹，所以很羨慕人家有哥哥哩。」

「……嗯。」

年紀稍微大一點的帥氣哥哥——

對高中男生來說，這應該是無法抗拒的吧。對吧？

對了，我……包含長谷在內（雖然長谷跟我同年），我在公寓裡面就是被這種哥哥包圍。

一直試圖和千晶有肌膚接觸的男生們……看起來還真有點可愛。

「哎唷——你們在幹什麼!!」
女孩子們發現了千晶「遭受集體攻擊的現場」了。
「快放開老師啦！」
男生們更加親密地抱住千晶，挑釁女孩子們。
「嘿嘿，羨慕嗎～」
「你說那什麼話！氣死我了!!」
「喔～千晶老師頭髮亂掉怎麼這麼性感。」
千晶的帽子和雪鏡都不知道飛到哪裡去了。
「差不多該吃飯了喔，各位同學，去餐廳吧。」
「是。」
被和自己體型相當的男生們蹂躪，讓千晶丟了半條魂。他踉踉蹌蹌地站起身來，拍掉身上的雪。
「你還好吧？」
「不准笑。」
「人氣旺還真是辛苦呢。」
上野把帽子和雪鏡撿了回來。

「千晶老師，你沒事嗎？」

「他們有沒有對你做奇怪的動作——？」

男生們擋住了靠過來的女生。

「好了、好了，不准再靠近了。今天千晶老師是我們的。」

「這是什麼話!!」

「莫名其妙！」

根本就是小孩子搶玩具，該說可愛，還是該說丟臉呢？千晶笑著搔搔頭。

下午的滑雪課程是在插在地上的雪杖之間滑S形。

「好～好～腳踝彎曲，膝蓋放低。放低重心滑，就可以輕易繞過去喔～」

「繞不過去啦——！」

「是S形喔～不是L形，知道嗎～」

「啊、啊、啊、啊、啊～」

「喂～你要去哪裡?!」

「幫——我——停——下——來——！」

「好，那接下來就試試看跳躍吧！」

「啊?!」

其實跳躍也只是跳過一個小丘而已，不過要是沒有跳的話，還是會被絆倒。可是跳躍的時機相當難抓，所以大家都不停地猛摔。

「明天所有人都要參加越野滑雪，好好練熟喔——」

千晶說道。

「我覺得我大概沒辦法練熟耶……」

上野不安地哭訴，千晶則咧嘴一笑。

「那就抱著必死的決心練習吧。在雪山上不會滑雪的話，可是會出人命的喔。」

「哎唷。這一點都不好玩啦，老師。」

實在學不會滑雪的傢伙們全都嘟起了嘴巴。

「這就是畢業旅行的課程啊，一定不可能好玩的嘛。」

千晶毫不留情地說道。

第二天，大家更加疲累地回到飯店——一如學校擬定的戰略。

就在我要去飯店玄關前面集合的時候，我看到了那個青木支持者的小團體。

「咦？」

青木還有其他的支持者，不過那個小團體最常湊在一起。

「少一個人。」

我才這麼想，就發現那個人孤零零地站在距離小團體有些距離的地方。她是在雪落下來的時候被千晶解救的女孩子。我覺得有點奇怪，她們應該是一天到晚集體行動的傢伙，難道吵架了嗎？

「喂，田代，那個……」

由於田代剛好站在我旁邊，我便隨口問了一下。

「喔~那個呀。」

果然，這傢伙知道事情的來龍去脈。

「只有那個女生是B班的，其他的都是A班。」

「是喔。」

「那個女生原本在B班就沒什麼存在感，因為她很內向文靜。」

「所以才會被青木吸引吧。青木最喜歡那種人了。」

「那個女生不是被千晶救了嗎？那個時候，千晶不是還受傷了？」

「嗯。」

「所以那個女生還是覺得有點難過。畢竟再怎麼說，她也沒辦法反抗為了救自己而受傷的人嘛。」

「這是人之常情吧。」

「可是其他的女生好像很不滿。」

「啊？」

「就是啊……好像純粹的東西裡面摻進了不純的東西，那種感覺吧？」

「什麼鬼？又不是宗教狂熱分子。」

「她們就是宗教狂熱分子啊，你不知道嗎？」

「……」

確實，就某方面來說，那種人是純粹、樸質，同時軟弱的傢伙，所以才會想要好好鞏固那種如同鐵一般的連結。她們無法容許異己，宗教狂熱分子全都是這樣。

「可是就算是這樣……高中女生會做那種事嗎？」

我呆呆地看著那群傢伙。

「你可別小看小孩子的心狠手辣喔，稻葉。」

田代呵呵呵地乾笑了三聲。

好不容易才找到安身的地方，卻又被趕走。對那個女生來說，畢業旅行留下的回憶應該糟糕透頂了吧，真可憐。

「今天真是超累的～」

我們倒在房間的榻榻米上。

「吼～這間房間怎麼又變冷了啦。」

「明天要越野滑雪吧？不知道能不能留下體力打雪仗。」

「桂木，你的腳還好吧？」

「嗯，已經完全好了。應該是痠痛貼布很有效吧，謝啦，稻葉。」

「我先去大浴場好了，有沒有誰要一起去？」

「啊，那我也去好了。」

我也決定先去大浴場。岩崎邊下樓梯，邊說：

「我們國中畢業旅行的時候啊，有人穿著泳褲泡進大浴池哩。」

「那不是更顯眼。」

「這次的畢業旅行也是啊，一定也有人一直在房間的浴室洗澡吧。」

「明明在大浴場洗澡就比較舒服……不過想歸想，要我跟一大堆人一起洗澡，我也會覺得很煩啦。」

我露出苦笑，我國中的時候就是這種人。

岩崎突然跟我咬耳朵，說：

「聽說普通科的女生有人刺青耶。」

「真的？假的？」

「不知道刺在哪裡，好想看喔。」

岩崎露出了色迷迷的表情，不過我只說：

「找工作和結婚的時候應該很麻煩吧?!」

岩崎勒住我的脖子。

「你為什麼老是不懂這種浪漫和色情的東西啊!!」

「喂喂喂，那邊的，要打架去別的地方打。」

千晶在樓梯上，正準備下樓。

「老師，要不要一起洗澡？」

就在岩崎這麼說的時候，千晶的身體突然不自然地晃了一下。

「!!」

「他會摔下來……!!」

我心想，不過千晶在千鈞一髮之際抓住了扶手，好不容易才沒跌下來。

「千晶！」

我和岩崎跑上樓梯。

「有人推他！是誰!!」

岩崎對著周圍大喊，可是，待在現場的人全都只是嚇了一跳而已。

「好了，岩崎，別說了。」

我制止岩崎。

「可是稻葉，你也看到了吧？那絕對是有人從後面推了千晶！」

「岩崎，夠了，反正我沒事。」

「但是……」

「你們不是要去洗澡嗎？快去吧。」

千晶一邊這麼說，一邊壓住了左肩。看來他似乎受了點傷。

「記得去醫務室喔，老師。」

我們重新走向大浴場。

「為什麼不能說是有人推千晶啊，稻葉？」

「那個時候，你有看到誰在千晶後面嗎？」

「沒看到啊，可是他一定是被什麼人推了一把！」

「你仔細回想一下，岩崎。千晶站在樓梯的正中間，如果有人站在千晶後面的話，我們應該看得見對方吧？男生當中沒有人的個子矮到可以躲在千晶後面的喔。」

「那就是女生吧！——咦？」

「那個時候，那裡有女生嗎？」

岩崎也注意到事有蹊蹺了。

「……所以千晶只是……腳滑了而已？」

「這樣想比較好吧？」

「你這話是什麼意思？喂，稻葉同學？」

我感覺到惡意了。

來自某種東西——或是某個人。

突然掉下來的雪塊，混在裡面的異物，直接命中的話，千晶就會受重傷。還有這次也是……如果千晶真的跌下來，可不是受個撞傷就能了事的。

是巧合嗎？

令人無法理解的事情不斷發生，我覺得好像有什麼事情正在進行中。

「……鬼店。」

我回想起電影《鬼店》，那是一部描述在被雪封閉的飯店裡發生的一連串奇怪現象的作品。

千晶沒有出現在晚餐的餐桌上。女孩子們全都喧鬧了起來。

我迅速地扒完飯，站了起來。

「田代。」

「什麼事？」

「幫我查一下這間飯店的深入情報。這裡果然有什麼問題。」

田代微微瞪大了眼睛之後，咧嘴一笑。

「包在我身上。」

接下來，我去了教職人員專用的房間。

千晶躺在被爐裡睡覺。

「稻葉？現在不是吃飯時間嗎？」

「我已經吃完了。被爐還真不錯呢~」

千晶的臉色非常差，放在被爐上面的飯菜也沒有被筷子動過的痕跡。

「你沒有食慾嗎，老師？」

千晶似乎不知道該怎麼回答。

「從抵達這裡那天的晚餐開始，你就一直沒有吃吧？」

「我有吃午餐喔。不是在你旁邊吃的嗎？」

對了。在滑雪場的餐廳，千晶確實吃了中餐。那是外面買回來的便當，還有滑雪場餐廳做的湯。

千晶……吃不下這間飯店提供的東西嗎？

我好像在什麼地方聽過同樣的情況。吃不下飯店食物的，就是秋音。

「老實回答喔，老師。你是不是……不想吃這裡的餐點？沒有什麼特別的原因，但是就是不想吃，或是嚥不下去。是不是這樣？」

「……」

臉色鐵青的千晶，眼睛看起來很無神。

「你是不是……知道什麼啊，稻葉？」

我笑著搖搖頭。

「沒有。我只是在想有沒有這種可能而已啦。」

「……」

黃泉戶喫，一旦吃了就無法回到現世，死者國度的食物。

我不覺得千晶會知道這種事，意思是說，千晶下意識地進行自我防衛了嗎？很明顯的，千晶受到了這間飯店的某種影響，白天和晚上的身體狀況不同也是這個原因。只要待在飯店裡，他的身體狀況就很差。要是吃了黃泉戶喫……我覺得千晶可能會受到更壞的影響。

「那也沒關係，老師。這間飯店提供的東西，你全部都不要吃喔，也不要喝茶或是喝水。在滑雪場的餐廳先買個什麼帶回來比較好。」

千晶似乎還想說什麼，不過我還是離開了房間。

受這間飯店影響的還有別人，但是千晶受到的影響卻特別嚴重。為什麼呢？

「或許用不著這麼傷腦筋吧……」

我們待在這間飯店的時間只剩下一天半，然後就結束了。千晶可能會難過，但是只要再忍耐個一天半就沒事了——而且我們學校也只有今年會住這間飯店。

「雖然疑點重重，不過等到田代蒐集好情報，就會有新的頭緒了。」

我又放鬆了警戒。

這是因為我在妖怪公寓天天和幽靈、妖怪一起生活，所以才會這麼習慣這些妖物。

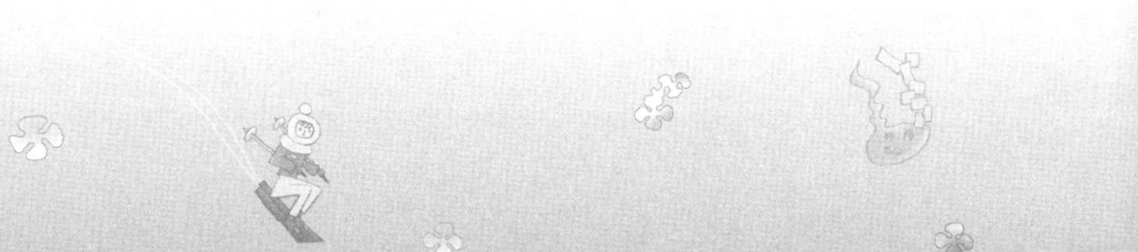

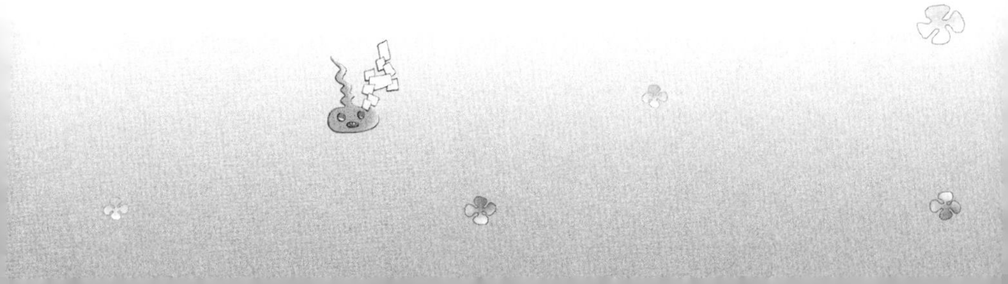

就在那裡

「這麼說起來啊。」
洗完澡回來的桂木說：
「聽說這間本館有一間不能開的房間喔。」
「不能開的房間？」
「女生說八〇四號房是封起來的哩。」
「八〇四……就是這上面……」
岩崎抬頭看著天花板。
「那住八樓的人就是跳過八〇四囉？會不會只是因為有什麼東西壞掉……這種單純的理由啊？」
我說，不過上野他們卻興致勃勃地回答：
「不！一定是因為那間房間有人死掉啦。這種事情不是常有嗎？一定是有人自殺了，所以那間房間才不能使用，因為會有那個啊！」
「上野！別說這種事啦！」
「咦？岩崎，你不喜歡這種話題嗎？你會怕喔？」
「不、不是啦。」
岩崎瞥了我一眼。

「畢業旅行就是要講鬼故事啊～大家都在講耶，我們要不要也講一下？」

「要講的話就再多一點人來啦。我也不知道什麼鬼故事。」

上野和桂木幹勁十足。

「不要啦，對不對，稻葉？」

「嗯，而且聽說講了鬼故事，鬼就會過來喔。」

「來就來啊，有什麼關係，我還沒看過幽靈哩。」

「我也是——」

「我才不要咧！不要把我算進去啊。」

就在岩崎這麼說的時候，紙拉門突然被砰砰砰地敲了幾下。

「怎樣啦——!!」

岩崎跳了起來，不過拉開拉門的人其實是千晶。

「啊，老師。」

「稻葉，剛才的事……」

話才說到這裡，千晶的動作就停止了。

「？」

千晶彷彿結凍般凝視著一點，於是大家也都朝著那個方向看去。

是窗戶，我們沒把窗簾拉上。
在一片漆黑之中，玻璃窗反映著我們的倒影。
「幹、幹嘛啦，老師。有什麼東西嗎？」
岩崎膽怯地詢問，然而千晶並沒有回答。
「哈哈，不要嚇我們啦，老師？」
「喂，你們不覺得很冷嗎？」
桂木這麼說完，上野便指著空調的遙控。
「稻、稻葉……這、這個！」
遙控上顯示的室內溫度迅速下降。
忽然間，千晶彷彿癱瘓似的倒了下來。
「千晶！」
我趕緊扶住千晶，他癱軟無力地靠在我的手臂中。
燈光開始閃爍，亮度降低，接著房間便全暗了下來。
「搞什麼啊？怎麼回事?!」
當岩崎這麼說的時候，白色的霧氣也跟著從他的口中吐了出來。空氣的密度變得異樣濃重，感覺就像一團霧，黏糊糊地纏在我們身上。

我看了入口一眼之後大吃一驚——門關上了——明明應該是開著的才對啊。

「這下可麻煩了，這個空間被封起來了呢。」

胸前的富爾呻吟似的這麼說。

「……有東西！」

那是非常濃烈的氣息，就好像我經常在公寓裡感受到的……

不過，又完全不同！

上野他們還在狀況外，不過害怕得動也不動，還因為寒氣而頻頻發抖。我慢慢地將視線移到他們的頭上。

在漆黑的房間之中，天花板變得超黑，就像塗了黑墨水一樣，然後——我看見天花板上有好幾張臉。

「那是什麼……?!」

我不禁毛骨悚然。這個時候，一個聲音在我的耳邊響起。

「去死。」

是女生的聲音，雖然聽起來有些天真，但卻帶著惡意。我感覺到無比的恐懼，就好像全身的毛孔全都張開了似的。不過同時，我也火冒三丈！

「大家，快躲到棉被裡面去!!」

他們在過度驚嚇的狀態下聽見我大喊，所有的人想都沒想就一頭鑽進棉被裡。

我拿出「小希」，翻開「XIX」那一頁。

「太陽！伊那法特!!」

「伊那法特！光之精靈!!」

嘩——!!極其強烈的光芒瞬間綻放，如同太陽一般的金黃色光芒照亮了房間。

光在一瞬間就消失了，怪東西也不見了，照明的燈光和暖氣也都跟著恢復原狀。

我瞪著天花板。

「哼，活該！果然鬼都怕光。」

呃，雖然公寓裡面還是有白天出沒的妖怪，不過邪惡的東西還是討厭光線的。

桂木他們驚懼地從棉被裡探出頭來。

「怎麼了？發生什麼事了？」

「搞什麼啊？」

「不知道啊，會不會是因為同時開燈跟空調的關係，所以才跳電了啊。」

「是、是這樣嗎？」

「千晶沒事吧？」

上野擔心地說。千晶的意識還是沒有恢復。

「就讓他在這裡躺一下吧。岩崎，可以拜託你去老師的房間，跟他們說千晶要在這裡睡覺嗎？」

「我知道了。」

「不好意思，我今天沒辦法在這裡睡了，我要去睡隔壁。」

桂木拿著行李走了出去。

「桂、桂木……」

「你要去也沒關係啦，上野。」

上野呆站著目送桂木走出去，一會兒之後，他終於回過頭對我說：

「我們今天就把千晶擠在中間一起睡吧。」

上野咧嘴一笑，我也露出了笑容。

「女生們一定會恨死。」

岩崎回到房間之後，我們就把墊被併排在一起，四個人擠著睡覺。我們實在不敢關燈，一直提心吊膽的。不過，後來什麼事情都沒發生，上野、岩崎和我也都在不知不覺間睡著了。

隔天早上五點，我在廁所把富爾叫了出來。

「昨天晚上的那個東西，到底是什麼啊？」

富爾把他短短的手臂交叉在胸前，歪了歪頭。

「嗯，看來這間飯店裡面有東西喔。」

「事到如今，還說什麼『有東西』啊。」

「出現在這個地方的『東西』，並不是那種到處飄蕩的浮游靈，而是擁有明確意識而附在這個地方的。」

「呃……啊，是類似地縛靈那種？」

「是的，是地縛靈或是地靈這一類的東西。或許是被年輕人的能量刺激之後，才跑出來的。」

「你不覺得千晶受到的影響超大嗎？」

「最有可能的解釋就是他的波長吻合。」

「明天我們就要退房了，應該不會有事吧？」

「小的無法保證，最好的方法就是立刻離開這個地方。」

「這……不太可能吧？」

我嘆了一口氣。

「我好像看到真正的幽靈了……」

我從早到晚都被妖怪包圍，說這種話可能很奇怪，不過我現在終於知道在那間公寓裡出沒的傢伙有多沒威脅性了。

「小圓的母親也是幽靈，可是感覺和昨天晚上的那個東西完全不一樣哩。」

「小的認為應該是怨念的關係。」

富爾若有所思地點點頭。

「我根本不想去感覺人類骯髒的念，所以並不是很清楚，可是看來那個東西似乎是抱著怨念的死者呢。」

「那種東西……原來真的存在啊。」

雖說我和幽靈、妖怪們一起生活，還是個使喚精靈的菜鳥魔法師，不過我還是不太能相信純粹的「怨靈」或是「惡靈」真的存在。

「我待會兒打個電話給秋音好了。啊，對了，把秋音給我的護身符送給千晶吧。」

六點半，我看著調成靜音的電視。

「天氣要變壞了喔。」

千晶的手機鬧鐘響了。我關上鬧鐘，看著千晶，結果發現他正茫茫然地看著天花板，看來要等到腦子清醒還得過一陣子呢。

「……稻葉。」

沙啞的聲音響起。

「嗯？」

「為什麼我會和一群男人睡在一起？」

上野和岩崎緊緊地貼在千晶的兩邊。

「你不記得昨天的事了嗎？」

「……我記得我來這裡。」

「你看到什麼了嗎？還是聽到了什麼？」

「……窗戶。」

「窗戶？」

「在我看了窗戶之前的事，我都還記得。」

對了，昨天晚上窗簾是拉開的。對，因為滑雪場的照明很漂亮，我們便決定在睡覺之前都先讓窗簾開著。

我把窗簾拉開。天逐漸開始破曉，滑雪場看起來就像是海底一般湛藍。

「呃……」

千晶呻吟了一聲，他想坐起來，可是卻起不來。我扶著千晶的後背，幫忙他坐了起來。然後，我直接把左手覆在千晶的眼睛上，右手放在他的胸口。

「稻葉……」

「別說了，老師，你仔細聽我說。就算其他老師要你留在飯店休息，你也要去滑雪場，一個人待在這間飯店裡很不好，就算身體很難過，你也要跟我們待在一起。」

所以，我得儘可能地把千晶的傷害吸過來才行。

我流著汗、有點上氣不接下氣的模樣，千晶都看在眼裡，他說：

「稻葉，我不問你這到底是什麼技術，不過如果這會讓你造成負擔……」

「老師，真的會造成負擔的話，我是不會做的啦。」

千晶直直地望進我的眼裡。

真是不可思議的目光——我每次都這麼覺得。

「……真的嗎？」

「真的。」

那是說著「我有很多話想說喔」的目光，同時也是「我全都知道喔」的目光。

「還有啊，老師。這個……」

我拿出了「護身符」。

「嗯？」

「啊——」

我一張開嘴巴，千晶也乖乖地跟著我張開了嘴，我把護身符塞進他的嘴巴裡。說是護身符，其實也只是一張小小的紙片，是叫做「千枚通」的「飲用符」。

「什麼啊？紙？」

「別問那麼多了，快喝下去。」

我把水遞給他。

「這只是小小的法術啦。」

千晶又瞪著笑眯眯的我。

千晶是怎麼看我這個莫名其妙的學生的呢？雖然都已經做了這麼多了，我還是突然有點不安。這個時候，千晶出其不意地抱住了我。

「！」

千晶無言地用力抱著我，拍了拍我的後背。然後，他還是什麼都沒說，直接離開了房間。

我呆若木雞地目送著他的背影。

自己的想法好像被他看出來了。這麼一想之後，害我害羞得不得了，臉就像是火在燒一樣。

「啊——真是的，搞什麼啊！」

我又去洗了一次臉。

我們去和室吃早餐的時候，桂木已經先到了，他看起來有些愧疚。岩崎打了桂木的頭一下。

「啥……」

接著上野和我也都打了他。

「幹嘛啦！」

桂木氣得滿臉通紅。

「哈哈哈哈。」

我們哈哈大笑。

最後一天。

由於天氣變壞，開始下起雪來的關係，越野滑雪便取消了。

「幹得好！」

「太好了！萬歲!!」

一整天的自由活動讓學生們歡欣鼓舞，教練們則會跟在想學滑雪的學生身邊。

「好不容易可以跟千晶老師一起的……」

千晶一直待在餐廳裡面，讓第二組的女生們怨聲載道。

我們在第二組的男生也加進來之後，開始了大規模的雪仗大會戰。因為沒有規則，大家便為了搶奪雪杖破壞牆壁，互相進攻、攻擊……經過這一戰之後，我們清楚知道一件事：「只是想用雪球K對方」是不需要任何規則的。觀眾們似乎都很開心，大家笑得東倒西歪。

義無反顧地做了蠢事的我們也很高興，最後所有的人還渾身是雪的拍照留念。

接近中午的時候，紛飛的小雪稍微出現轉變為風雪的傾向。

每隔一個鐘頭，我們就輪流到餐廳去吃中餐。

「哈哈，你們的臉好紅喔。」

坐定位之後，千晶便看著我們大笑。

「雪仗大會戰變成大混戰了啦。」

「根本就不是遊戲了。」

大家都笑了。

「吃完飯之後就直接回去飯店。」

麻生說。

「咦～已經要回去了喔？」

「因為天氣變差了，各位同學就回去飯店自由活動吧。聽說飯店開放了大和室，還有卡拉ＯＫ喔！」

呀——！女孩子們發出了興奮的尖叫聲。

「千晶老師，開演唱會！」

「唱一下嘛～」

「不唱。我很忙。」

「哎～唷，唱嘛！唱嘛！」

女孩子們的興奮情緒快要破表啦！

還剩下半天。

希望什麼事情都不要發生。

在第二組吃完午餐回飯店的時候，風雪更強了。

學生們不是立刻在開放的大和室唱卡拉ＯＫ，就是聚在大廳、電玩區玩，或是回房間睡覺，度過畢業旅行的最後一天。

「千晶。」

千晶在一樓的廁所抽菸。

「幹嘛躲起來啊？」

「我是真的要上廁所。」

「不要單獨去沒有人的地方。」

「……你在擔心什麼啊，稻葉？我會被襲擊嗎？這種經歷也不是沒發生過喔。」

千晶半開玩笑地說道。他的臉色已經開始變壞了。

「你開始頭痛了吧，老師？跟我待在一起會比較輕鬆喔。」

千晶「呼——」地吐出煙。

「……幹嘛？你是在誘惑我嗎，稻葉？」

「白……！不要打哈哈啦！」

「啊，原來你在這裡啊！千晶老師!!」

來的人是負責看管大和室的麻生。

「麻生老師，有什麼事嗎？」

麻生對著千晶合起雙掌。

「拜託！就算只唱一首也沒關係，請你去唱歌!!」

「……老師……」

麻生抓住了不知所措的千晶。

「哎唷~那些女生拚命叫我來拜託你，我也很為難啊。就唱一首，我保證一首就好了！拜託你!!」

千晶露出不情願的表情。

「有什麼關係，老師，你就去唱一下嘛。為畢業旅行製造回憶也是老師的工作吧?!」

「你的意見怎麼這麼像老頭子啊，稻葉。」

「走吧。最後一天了，要開心一點才行。」

我拉著千晶的手。

「謝啦，稻葉。你真是個好孩子啊！」

麻生摸了摸我的頭。千晶則是苦哈哈地嘆了一口氣。

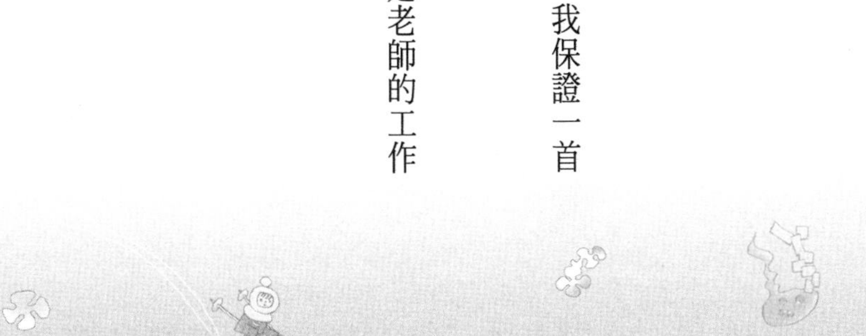

當千晶一出現在大和室，學生們全都發出了尖叫聲，看來現場早就變成演唱會會場了。

「呀——好棒喔！」

「咦，要唱嗎？千晶老師要唱歌嗎?!」

「千晶！唱BLUE HEART的歌!!」

「我想再聽一次〈She〉！」

千晶站上舞台，當音樂流瀉而出，歡呼聲也跟著響起。

「The Yellow Monkey的〈So Young〉！真是絕妙的選曲。」

千晶開始演唱之後，吵鬧的學生們就瞬間靜了下來。真的，一握起麥克風，千晶就完全變成另一個人了，觀眾也被他「不只是歌聲好聽」的特殊能量懾服。

「異能者嗎……他應該還有所保留吧？」

歌一唱完，暴風雨似的歡呼聲和讚歎聲又再度響起。麻生接過了麥克風。

「好了、好了，安靜。我們不是約好只唱一首嗎？」

「不要——!!」

「千晶老師說他會待在這裡一下子，待會兒就會跟大家一起唱歌了。好啦，大家繼續唱卡拉ＯＫ吧～」

千晶被女孩子們拉進了人群之中。

「呼～我都起雞皮疙瘩了。千晶唱The Yellow Monkey的歌真是棒呆了！啊，稻葉，消息來了喔。」

單手拿著攝影機的田代走了過來。

「妳又錄影了喔，田代。」

「呵呵呵～這可以賣到很好的價錢呢～」

「妳要拿去賣喔?!」

「神谷學姊已經預定了喔。呵呵呵呵呵！」

「……神谷學姊……」

我在大家歡樂地唱著卡拉ＯＫ的大和室角落聽取田代的情報。

「有四個人連續在本館自殺。」

「本館就是……這裡?!」

「這間飯店歷史悠久，所以搞不好更早之前還有人自殺過，不過就先不提了。這間飯店的團體客很多，可是卻有一陣子都沒接學生團體了。」

「啊，這個我聽千晶說過了。」

「你知道為什麼嗎？因為自殺的人全都是學生耶，而且還全都是女的。」

第一個自殺的是參加畢業旅行的學生，接下來幾個也都是，每年冬天來這間飯店畢業旅行的學生之中，都會有人自殺。到了第四個自殺者出現的時候，飯店終於決定不接學生團體了。會接下条東商的訂房，完全是因為萬不得已……而且也過了一段時間的關係吧？

「是怎麼自殺的？」

「跳樓呀。從頂樓跳下來，所以這裡的頂樓出入口才會是封閉的吧。」

「頂樓不是有露天澡堂嗎？」

「露天澡堂後面有一個小空間，有一扇門是可以直接從那裡進出的。再給我多一點時間的話，我搞不好可以知道得更詳細，比方說一開始的案例是怎麼樣等等。啊，我還聽說身體不舒服的人也很多，還有老師被救護車送走。」

四個人自殺。昨天晚上，我在那片漆黑的天花板上看到的臉……不就剛好是四個人嗎？

「那我就回去工作囉～」

和大家合唱了幾首歌之後，千晶便在掌聲、口哨聲、歡呼聲和「不要走——」的叫聲中離開了大和室。

「辛苦了。」

「幹嘛，稻葉，你要跟我走喔？」

「我來幫忙你工作吧，千晶老師。」

「你白痴啊。去玩啦。」

千晶用力撥亂了我的頭髮。

「你現在要去巡視嗎？」

「對啊。有很多傢伙在房間裡玩，所以我就去看……」

「伊藤老師。」

「接下來再去確認一下晚餐……」

「為什麼無視我的存在，伊藤老師！」

我和千晶回過頭。站在那裡用淚眼婆娑的眼睛瞪著千晶的，是青木的粉絲——被那個小團體踢出來的傢伙。

「這傢伙……」

「今井？」

「你明明就一直說人家很可愛，為什麼突然變冷淡了，伊藤老師！」

千晶、我，還有周圍的學生們全都嚇了一跳。雖然嘴上瘋狂大喊，今井卻詭異地面無表情。

「呃……我是千晶耶？」
今井的表情忽然恢復了。接著，她驚訝地鐵青著臉跑走了。
「誰是伊藤啊？老師之中有人姓伊藤嗎？」
「我沒聽過哩。就算有，也不可能把那個傢伙跟你搞錯啊。」
「對啊……」
千晶看著今井狂奔而去的方向。
「你看到她的臉了嗎？那副眼神簡直就像嗑了藥一樣，雖然她不是那種會嗑藥的女生……」
「嗯，不管怎麼說，她都是青木的支持者。」
「不可以這麼說。」
千晶輕輕戳了我的頭一下。
「稻葉，幫我叫麻生老師過來。」
千晶和麻生說了一陣子的話。
今井的模樣讓我有種不好的感覺。那雙完全喪失自我的目光，還有最重要的是：「伊藤」是誰啊？
他們好像說完話了，麻生回到了大和室去。

「麻生老師說什麼？」

「她在班上的朋友確實很少，存在感也很稀薄，但是並沒有被欺負的徵兆，也不像是會惹是生非的學生。而且她的朋友好像是別班的。」

「嗯。」

千晶用力地嘆了一口氣。

「老師無法照顧到每一個學生，這就是教育前線的實際現況。尤其是那種不展現自我、無法展現自我的學生，要探查出他們的狀況最困難了。」

我們搭電梯到三樓。

「拒絕大人干涉的傢伙也很多，還有的傢伙是不想讓人操心，所以就一個人悶著頭忍耐。就算不是導師或是家長都無妨，只要有人能在他們身邊就還好……」

「今井的身邊有青木，沒問題啦。」

我這麼說完之後，千晶笑了一笑。

「是青木老師。」

我又被戳了一下。

三〇一號房裡，有一個學生在呼呼大睡，三〇二號房和三〇三號房裡面都沒人。然而，就在我們走進三〇四號房的時候……

拉開拉門的千晶又僵在原地了！我嚇得朝著千晶衝過去。

「千晶?!」

千晶踉蹌了一下。

「什麼事？」

「還問我什麼事，你還好嗎？你的腳步很不穩耶。」

「是嗎？」

房間裡面空無一人，窗簾是拉開的，窗外漆黑一片。

這個時候，一陣類似尖叫的聲音從某個地方傳了出來。

「剛才那是什麼？」

「是女生的尖叫聲吧?!」

就在千晶試圖往外走的瞬間，他又踉蹌了一下，接著便「砰！」地猛然撞上了紙門門框，倒在地上。

「千晶！」

「……痛死了！」

我到洗臉台把手帕弄濕，放在千晶的額頭上。

「唔～好痛……」

千晶倒在地上哀叫。

「你真是個麻煩的人耶。」

這個時候，我發現……

好冷。

空氣在不知不覺間變得很沉重，冷空氣彷彿霧氣一般纏在身上。

「這……和昨天一樣……?!」

我的餘光看到了窗戶。

有一個人站在那裡。

「……人能站在那種地方嗎……？」

我緩緩地朝著窗戶看過去。

窗戶外面有一個女生，她正在看著房間裡面。

「……水手服……」

那一句話也許
就能改變世界

「妳就是……第一個女生嗎？」

女生的臉非常暗，我看不清楚。那是一張彷彿泥淖一般，滿是怨恨、悲傷那種黏糊糊情感的臉。

聲音從某個地方傳來：

「去死。」

這個聲音讓我毛骨悚然。只要一想到惡靈現在就在這裡，我就有點腳軟。

「就是妳把另外三個人拉走的吧？」

我吐出來的氣變成白色的了。

「有什麼關係？」

聲音又從房間的角落傳了出來。四處都開始變暗了。

「因為大家都很寂寞呀。能跟我交朋友，大家都很高興喔。」

她的聲音斷斷續續，聽起來噗滋噗滋地，好像泡泡破掉一樣。

我看了門之後大吃一驚，門又關上了——我明明已經固定住了啊！

「請仔細看看，主人。」

富爾在我的運動服胸前口袋裡說道。有個人站在門附近的暗處。

「今井……！」

是B班的今井。她面無表情地呆站在那裡，右手則握著不知道從什麼地方拿來的插花剪刀。

「伊藤老師，死一死算了。」

闇影蠢蠢欲動。我趴在千晶身上。

「不是！這不是伊藤!!妳看清楚！」

空氣的密度變高，我感覺自己彷彿溺水般就快要喘不過氣，還開始頭痛反胃。

怎麼辦？要用伊那法特嗎？這個方法或許比較快。

「呵呵。」

「嘻嘻。」

我聽見了笑聲。闇影在榻榻米上滑動。

「唔……！」

千晶痛苦地壓著胸口。

還有老師被救護車送走——田代這麼說過。

「把雪弄掉、推千晶的人都是妳嗎？」

「伊藤老師，死一死算了。」

「住手！」

我拿出「小希」。

「主人！」

「咦？」

今井揮著剪刀衝了過來。

「嗚哇！」

我在千鈞一髮之際用雙手擋住了剪刀，不過「小希」卻掉到了榻榻米上。今井雖然面無表情，力氣卻非常大。同時，有個人從後方抱住了我。我感覺到有人在我的耳邊笑了。

「抓到了。」

如此開心地喃喃自語的，是一個額頭裂成兩半，左右眼朝著不同方向的女生。

「……!!」

我的喉嚨發出一聲悶響，腦袋一片空白，擋著剪刀的手也逐漸沒力。就在這個時候……

「麻希子。」

這個聲音讓今井和從後方抱著我的傢伙都停下了動作。

「麻希子……」

說話的是千晶。千晶壓著胸口倒在地上，閉著眼睛繼續說：

「發生什麼事了……？妳說說看……」

不久之後，今井和我身後的傢伙都退開了。

好安靜，彷彿只有這間房間跟世界切割了一般，寂靜充滿了整個空間，安靜得讓我的耳朵好痛。

等我發現的時候，窗外的女生已經消失了。

今井哭了，眼淚不斷地滑過那張面無表情的臉。

「我最喜歡伊藤老師了……」

今井開始說話。

「外面的女生進來了喔。」

富爾說。

「附身……」

「我毫無優點，大家也都不在乎我，我一直都是一個人孤孤單單的。但是只有伊藤老師對我說：麻希子很可愛、麻希子是個好孩子。還瞞著大家跟我單獨見面。」

喂，等一下，兩個人單獨見面不太好吧？

「所以……我把一切都給老師了。」

「!!」

「可是，老師為什麼叫我不准再跟他說話呢？為什麼跟其他的人感情又那麼好……莫名其妙！」

「……」

「其他的學生都說我一直纏著老師，讓老師很傷腦筋。不是！才不是!!是伊藤老師自己先對我好的啊！不然我怎麼敢主動跟老師說話？因為老師的人氣很旺，總是被大家包圍，所以……老師主動溫柔地跟我說話的時候，我真的很高興。老師還說不能告訴其他人，這是我們兩個人的秘密……太過分了！我討厭老師！最討厭老師了!!哇啊啊——!!」

「麻希子」放聲大哭。

「竟然對自己的學生下手……」

我更想吐了。這個伊藤老師趁著「麻希子」被孤立乘虛而入，用溫柔的話語把她騙到手，玩膩了又裝作沒這回事嗎？

「妳一定很難過吧……真可憐……」

千晶喃喃自語般的說道。

「麻希子」驚訝地看著倒在地上的千晶。

「真可憐……」

「麻希子」繼續無言地凝視著千晶。淚水不停地從她的臉頰上滑落。

氣氛突然緩和了。

我的身體變輕，房間也恢復了溫暖。

「唔，好像走了呢。幹得好，千晶大人。」

光靠「真可憐」一句話？這麼兇惡的傢伙就會收手？我無法相信。

「有時候，光靠一句話就能改變世界喔，主人。」

今井的眼睛倏然恢復了神色。她訝異地看著我和千晶，而在看到自己手上的剪刀之後，她嚇得把剪刀給丟了出去。

「我、我……」

完全處在狀況外的今井鐵青著臉顫抖著。

「今井。」

千晶微微睜開眼睛。

「妳可能會覺得很寂寞、很不安，不過身邊的人絕對不是妳的敵人，放輕鬆一點，沒關係的……」

今井輕輕地咬住嘴唇，接著，她逃也似的離開了房間。

「千晶，你沒事吧?!」

千晶的臉色慘白，還流了一大堆汗。

「稻葉？怎麼了？發生什麼事……？」

「咦，你什麼都不記得嗎？」

這個時候，一個住在三〇四號房的學生回來了。

「奇怪？你們在幹嘛啊？」

我對那個傢伙說：

「不好意思，麻煩你去幫我買一瓶水。要大瓶的！」

「啊？喔，好。」

在這段期間，我就替千晶做了治療。由於傷害實在太大，我接收到一半左右的時候就放棄了。對，我也學會了這種控制方式——如果有餘力的話。

千晶一口氣喝光了寶特瓶裡的水。

「你怎麼了，老師？」

「貧血啦。別說這個了，我怎麼覺得好像很吵啊？發生什麼事了？」

「五樓的房間好像在說鬼故事，結果有一個女生好像看到了什麼，就開始吵吵鬧鬧的。我當時在四樓的走廊，她的慘叫聲超大的哩。」

因為房間的門都是開著的嘛，聲音一定在走廊上回響吧。

我扶著千晶走出房間。教職人員休息室也同樣在三樓，不過還是讓千晶在醫務室休息比較好——雖然我是覺得已經沒事了。

「我們去醫務室吧。」

「稻葉。」

「嗯？」

「我想洗澡。」

「啊？你在說什麼啊，你連站都站不穩了耶。不過我也想洗……」

「我不想要帶著這一身臭汗睡覺。」

「什麼？你的意思是要叫我幫你洗澡嗎？」

「對呀。照顧我一下啦，親愛的。」

說完，千晶便猛咳了一陣。

「用要死不活的聲音說這什麼話啊，真受不了你。」

我把千晶帶到教職員休息室讓千晶洗澡，幫千晶換衣服，餵千晶吃他自己買的食物，再讓他睡覺。算了，就讓他在這裡睡覺吧。

「啊……怎麼連到了這裡，我都還得做這些跟照顧小圓的時候一樣的事啊？你讓人操心的程度跟小圓一樣耶。」

我一邊看著靜下來的千晶，那副舒服的睡臉，一邊這麼說：

「手機我借走囉，老師。」

我打電話回公寓，請詩人叫秋音打這支電話跟我聯絡。回撥的電話立刻就打來了。

我把一連串的事情告訴了秋音。

「女孩子是從八〇四號房的正上方跳樓的吧，所以每個樓層的四號房都會受到影響喔，靈的現象多半是縱向發生的。」

「所以這就是八〇四號房封起來的原因囉？原來是飯店的人也不想讓女學生住進自殺者腳下的房間。」

「而且房間裡面大概也會發生異常的現象吧。」

「富爾說那些女生走了，意思是她們投胎了嗎？」

「只是暫時離開而已喔——我覺得她們應該沒辦法那麼輕易轉世。要是沒有讓高級的法師幫忙除靈的話，大概不可能吧。不過，這也要看時機，還有飯店那邊的意願。在這之前，還是先貼上護符，以免又有人被抓去當替死鬼。」

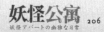

「護符？我把妳送我的護身符給千晶了耶。」

「把飯店的傳真號碼告訴我，我傳真過去。」

「傳真？妳要用傳真的喔？傳真護符？」

我拿著手機走到一樓櫃台。

「不好意思，請問我可以用傳真機嗎？……好了，秋音，妳傳過來吧。」

嘟嘟嘟……傳真機一邊發出聲音，一邊把紙吐了出來。Ａ４的一般紙張上印著三張併排的護符。

「感覺真沒效～」

我通過大廳的時候，看到麻生和今井並肩坐在角落，他們一邊看著窗外的景色，一邊說話。麻生輕輕地拍了拍今井的背。

我來到了八樓上面的頂樓（我爬樓梯！），用膠水把剪下來的護符貼在通往頂樓的門上。

「原來如此、原來如此。這麼一來，這一區就會被結界封閉起來了吧。」

突然跳上我的肩膀的富爾說道。

「所以這樣做是為了不讓幽靈到樓下去啊？」

這樣就可以暫時不用擔心千晶和其他學生了——我鬆了一口氣。

「喔，晚餐時間快到了，得趕快過去才行。」

雖然又累又睏，連站都站不穩，我還是去吃了晚餐，並告訴麻生：「千晶貧血，在房間睡覺。」

「稻葉，你跑到哪裡去了啊？你有沒有聽到五樓的慘叫聲？」

岩崎激動地對我說。

「喔，我跟千晶在三樓，連在三樓都聽得到哩。」

「聽說她們在五〇四號房說鬼故事，結果，有一個女生說她看見窗戶外面有人掉下樓！而且那個女生竟然跟外面那個掉下去的傢伙四目相交耶!!」

岩崎哭喪著臉說。

「啊~該不會跟過來了吧？」

「對吧?!你也是這麼覺得嗎？對嘛！太可怕了！我一輩子都不要說鬼故事了！」

大家邊吃飯，邊熱烈地討論著這件事。不是親身體驗的話，鬼故事是還滿有趣的啦……

「不行了，我要睡覺了……」

吃完飯後，我拒絕了上野的卡拉ＯＫ邀約，不過在回去房間之前，我先繞到了教職員的房間一趟。

千晶臉色依舊黯淡，不過呼吸平穩地睡著，看到這幅情景我才鬆了一口氣。

我的記憶就只到這裡了。

被手機的鬧鐘聲叫醒時，我發現自己睡在千晶的旁邊。現在是早上六點半。

「稻葉啊，我怎麼搖你都搖不醒耶。所以只好讓你睡在這裡了。」

麻生和井原哈哈大笑。

「如果是女生，問題可就大條了哩～」

「對、對不起。」

「今年身體不舒服的學生好多喔，千晶老師也一樣。」

「最不可思議的就是大家都沒有感冒。」

有幾個學生四天都一直躺在醫務室裡，這幾個掛病號的，還有昨天和跳樓女生四目相交、發出慘叫的女生沒和我們一起搭遊覽車，而是搭另外的車一路睡回家。

「唉，那個慘叫聲真是恐怖哩。據說不管田丸老師再怎麼安撫，她還是一直邊哭邊叫。」

「每年都會出現一個講鬼故事之後變得怪怪的學生哩。」

「因為他們現在正好處在明明就很敏感，卻又愛做怪事的年齡嘛。」

那個女生真的看見了——她正好看見「麻希子」掉了下來。

這趟旅途中，雖然有人太敏感，受怨念左右而身體不適；有人看見幽靈而大受震撼；也有人因為感到寂寞差點被拉走，不過……

「還好大家都平安無事。」

我終於放下了心中的重擔，飯店的人應該也鬆了一口氣吧。

千晶沒有出現在早餐的餐桌上，不過我們在大廳集合時，他出現的時候臉色已經好很多了。

「有沒有點名啊，班長？」

「有啊。只剩下老師了，你還好嗎？」

「不用擔心啦。我昨天睡得很飽，所以今天早上狀況很好喔。」

「早，老師。」

「千晶老師。」

遊覽車出發的時刻來臨了。飯店的工作人員們站成一排，目送著我們離去。

千晶突然回過頭，看著飯店的上方。

「怎麼了？」我問千晶，結果他笑著搖搖頭。

「沒什麼。好了，回去吧。」

遊覽車開始移動。

雪花飛舞。

大家都在遊覽車上暢談著這場畢業旅行的回憶——滑雪、卡拉ＯＫ、昨天晚上的騷動，學生們的熱氣立刻在玻璃窗上染上了白霧。

我看著在一片雪白的景色中逐漸遠去的飯店，嘆了一口氣。

坐在我隔壁的千晶用手摟住我的肩膀，彷彿在觀察我的表情似的說：

「受你照顧了呢，稻葉。」

「……真的是。你真的是一個很讓人費心的人耶，老師。」

千晶聳聳肩說：

「常有人這麼說。」

他的側臉明顯地憔悴了許多。抵達飯店之後整整四天，千晶只吃了中餐和昨天晚上的兩個飯糰而已。而他的記憶模糊，幾乎完全不記得細節。他不記得太陽穴的傷口是怎麼來的，也不曉得自己的肩膀為什麼會痛，至於昨天晚上在三〇四號房發生的事，更是一點印象都沒有。

「真是不可思議……我一直覺得自己的身體很不舒服，可是到了現在，我甚至一點實際的感覺都沒有……這還是我第一次有這種感覺耶！」

千晶感到不解。

我也是第一次跟那樣的幽靈面對面。原來世界上真的有邪物會有目的性地襲擊毫不相關的人。

要是我什麼力量、什麼知識都沒有的話……

被一個頭爛掉的女生抱住……我會怎麼樣啊？

千晶用力地摟了一下我的肩膀。

「怎麼了？不舒服啊？」

「啊，不是。」

千晶手臂傳來的力量讓我回想起長谷和公寓裡的大家。我的心情隨即開朗了起來，好想早點回去那個家，吃吃琉璃子親手做的料理。

「不過話說回來……」

千晶摟著我的肩膀的右手就在眼前。我看見他的手上有一個好大的傷口。

「你的身體還真是傷痕累累耶。」

幫千晶洗澡的時候，我看見他的肩膀、手臂、胸口、腳上都有好幾個類似手術留下來的傷痕。千晶輕笑了一聲，說：

「那是年輕時代留下來的勳章。」

「你要什麼帥啊？」

「呵呵～你是怎麼看到千晶全身上下傷痕的呢，稻葉同學？」

田代就在後面，我們不由自主地僵住了身子。你沒必要跟著僵住吧，千晶？要是連你都僵住了，不是更可疑嗎?!

「呃……」

「對了，昨天吃晚餐的時候，稻葉同學也真是的，身上竟然有肥皂的味道呢。」

櫻庭不知道為什麼又多說了這句話。

「有、有差嗎？吃飯之前洗澡不行喔！」

「是無所謂啦～下次再跟你好好聊囉，稻葉同學～」

田代的眼珠發出了興致勃勃的光芒。

畢業旅行結束了……

「我回來了！」

星期五傍晚，我回到了睽違五天的家。

「歡迎回來。」

穿著牡丹花紋和服的華子迎接了我。小圓從走廊深處跑了出來。

「小圓！我買了很多禮物回來給你喔！」

糟糕！我不小心做了跟長谷一樣的事了，這樣不行。

「唷，你回來啦。」

說人人到。

「長、長谷?!怎麼會？」

「我一放學馬上就來了。好不容易偷了點空，我就來啦！」

長谷一邊摸著小圓的頭，一邊開心地笑著。總而言之，還好他的頭沒禿。

「好像發生了很多事喔？告訴我吧，稻葉。」

「……嗯。」

我大啖著久違的無敵好吃料理，和長谷、秋音、詩人，以及棲息在公寓裡的一大堆妖怪度過了那天晚上。

放了牛肉和牡蠣，油脂倍增的燉烏龍火鍋讓我疲累的身軀由裡到外全都恢復了。打成泥的牡蠣溶進了湯裡，讓湯的味道極其濃郁，喝了之後我感覺到疲勞迅速地消失。另一道菜是被味噌、蠔油、麻油弄得閃閃發光的牡蠣，加入芹菜、芝麻、七味粉共同炒出視覺和嗅覺的饗宴、讚到不行的味噌牡蠣蓋飯。

「味噌、牡蠣跟白飯真是無敵合味呢！」

秋音已經吃第三大碗了，真有男子氣概。

「吃了這個火鍋，身體就暖起來了呢。可以讓人忘記外頭的寒冷喔。」

「琉璃子，再來一些烏龍麵火鍋的蛋吧～」

「請盡量上，琉璃子！太好吃了，我停不下來！」

琉璃子開心地扭著手指。坐在長谷膝蓋上的小圓努力地吸著烏龍麵的模樣，真是可愛極了。藍色和黃色的光點一閃一閃地隨著紛紛飄下的雪花飛舞。天啊，就各方面來說，我都太幸福了。

小小的雪人在陰暗的庭院裡行走著。它們要去什麼地方呢？

「秋音，這不是羊羹的厚度喔。」

長谷指著秋音切來給我們吃的羊羹說。今天的甜點是栗蒸羊羹和咖啡。羊羹跟咖啡還真對味哩。

「羊羹最討厭的地方啊，就是它太薄了。為什麼大家都要切得那麼薄呀？」

小圓好像很喜歡我從飯店的禮品區買回來的玩具，就是一個長得像海膽的外星生物，軟綿綿的，摸了還會閃閃發光。

我把自己遇到自殺惡靈的事情告訴大家。

「唉……我真的束手無策了。」

那個時候，要是千晶沒有開口說話，我應該會被今井用剪刀刺成重傷，搞不好還會死掉。

「如果可以，大家都會希望自己一輩子都不要碰到那種東西吧～」

詩人聳聳肩，露出苦笑。長谷則是帶著複雜的表情看著我。

「我雖然知道會有那種把毫不相干的人扯進來的傢伙，不過還是沒有什麼實際的感覺，所以她攻擊過來的時候真的嚇死我了。今井也是，真的害我受傷的話，事情就沒那麼好解決了。還有千晶，不知道他會落得什麼下場。喂，秋音，光憑著都是人氣很旺的老師這個共同點，那傢伙就會誤認別人了嗎？」

「我不知道靈是怎麼辨知現實世界的。」

秋音斷然搖頭，繼續說：

「不過全憑自己的感覺，用扭曲的方式來辨知的可能性很高就是了。畢竟他們已經不是物理性的存在，所以物理和時間的法則完全不適用。」

「原來如此。」

長谷聽得很認真。

「那個女生是依附著怨念的存在呢……」

詩人靜靜地說：

「怨念是支持著那個女生的重要情感，真是可悲啊～可是，她就是恨不完，她一定很喜歡那個老師吧。所以，當那個老師對她說了溫柔的話時，她心裡一定很高興……」

詩人沉靜的話語靜靜地深入我的內心。

「可是我不喜歡『可憐』這個字眼……」

把「真可憐」掛在嘴邊的人，多半都是非常自我的，他們就是那種擅自斷定別人的傢伙。我以前也經常被這麼說「父母都不在了，真可憐啊」。不要自顧自地斷定我不幸又可憐好不好？

「這個字眼是要看說的人是以什麼樣的出發點說出來的喔，夕士。因為是千晶老師說的，所以我想這個說詞一定很有感情。」

「嗯……」

「正是因為對方是精神性的存在，這個『想法』才會直接傳達給對方。」

秋音也說。

「妳怎麼看千晶說話的這件事，秋音？那真的是千晶說的嗎？」

「千晶老師可能是一個潛在靈力很高的人，或者是有一個高級的守護靈跟著他，這種潛在的力量有可能會在本人無意識的時候出現，算是一種顯靈喔。」

「喔……」

「那四個女生還會一直待在那個地方嗎？」

長谷的話讓我的腦海中浮現了四個手牽著手，一直站在陰沉的雪天下吹著冷風的女生。真是令人鼻酸的景象。

「所以不可以自殺喔！」

秋音冷淡地說。

妖怪公寓的庭院下雪了。雖然到處都是妖怪，不過這裡依舊是溫暖、歡樂、充滿愛的「家」。千晶和田代他們現在應該也都回到了家，悠閒地放鬆著心情吧。

我把將海膽星人抱在胸前打瞌睡的小圓抱到膝蓋上，和長谷並肩眺望著飄落的白雪。

「眼前站著一個惡靈，身後還有一個抱著我，真是把我嚇壞了……不過算是上了一課。」

我輕笑了一聲。

「我會把這個經驗變成我的血和肉喔，長谷。」

「……」

「千晶也說過：要先磨練自己，鍛鍊自己。」

之後成果自然會隨之而來的。

我最想在你面前證明「自己」。我想要成為抬頭挺胸地站在你身邊的人。

我想變成有血有肉、有人性的人——不管發生什麼事。

長谷輕輕點頭。

接下來，我們彼此都沒說話，只是沉默地看著雪度過夜晚。

高中二年級進入尾聲。

還剩一年——我們會變成什麼樣子呢？

高三學生會畢業——我們社團的社長江上和學生會會長神谷會離開。

還有……秋音會搬出公寓。

「不過我還會回來啦，就像夕士一樣。」

秋音開朗地笑著。

条東商的期末考、高三學生歡送會、畢業典禮時期來臨了。

取代中場報告的後記

好了。

《妖怪公寓》也幾乎走到一半了（照預定的話）。我其實在滿早之前就已經想好這個故事的結尾是什麼了，所以把之前的東一個、西一個東西加進去之後，就會剛好是十集。這一次，我決定把這些事情、以前的事情、未來的事情等等，和作者的想法寫下來。

在上一集——第五集突然出現的「千晶老師」是連我自己都大感驚訝的計畫外的人物，不過卻出現了「長谷的影子是不是因此而變淡了？」這種指責和不滿。嗯，說得也是喔（笑）。但是，請各位不必擔心，長谷還是會有大展身手的機會。

回想起來，在寫第二集的時候，長谷在我心目中的地位其實不怎麼重要，可是編輯大人卻要求「多寫一點長谷～」。既然編輯大人都這麼說了，我就試著對長谷多加描述。那個時候，編輯大人非常適時地說出來的話言猶在耳。

「長谷跟夕士啊……長谷跟夕士會翻臉喔。」

那個時候，我立刻在心中吐槽：「什麼？」可是，在故事今後的發展之中，夕士和長谷好像真的會「翻臉」。而那就是和故事的結尾息息相關、嚴重震撼了夕士和長谷的人生事件。

夕士和長谷都有未來的夢想和目標，兩個人的夢想和目標都相當具體。他們各自努力，一步一腳印地朝著自己的夢想前進。然而，命運有時候會有劇烈的變化，「那個時候」，人們該如何面對呢？而這也是我們人生中重要的課題。

希望各位能夠好好期待「那個時候」的夕士和長谷。

國家圖書館出版品預行編目資料

妖怪公寓 / 香月日輪 著；紅色譯.-- 初版.
-- 臺北市：皇冠, 2008.07- 冊；公分.
-- (皇冠叢書；第3749種) (YA！；001-)
譯自：妖怪アパート幽雅な日常 --
ISBN 978-957-33-2437-9 (第1冊；平裝) --
ISBN 978-957-33-2467-6 (第2冊；平裝) --
ISBN 978-957-33-2504-8 (第3冊；平裝) --
ISBN 978-957-33-2540-6 (第4冊；平裝) --
ISBN 978-957-33-2573-4 (第5冊；平裝) --
ISBN 978-957-33-2616-8 (第6冊；平裝) --

861.57 97010455

皇冠叢書第3931種

YA！028

妖怪公寓⑥

妖怪アパートの幽雅な日常 6

作　　者—香月日輪
插　　畫—佐藤三千彥
譯　　者—紅色
發 行 人—平雲
出版發行—皇冠文化出版有限公司
台北市敦化北路120巷50號
電話◎02-27168888
郵撥帳號◎15261516號
皇冠出版社(香港)有限公司
香港灣仔駱克道93-107號利臨大廈1樓
電話◎2529-1778　傳真◎2527-0904
出版統籌—盧春旭
責任編輯—周丹蘋
版權負責—莊靜君
外文編輯—蔡君平
美術設計—黃惠蘋
行銷企劃—周慧真
印　　務—林佳燕
校　　對—黃素芬・陳秀雲・周丹蘋
著作完成日期—2007年
初版一刷日期—2010年1月
法律顧問—王惠光律師

讀者服務傳真專線◎02-27150507
電腦編號◎515028
ISBN◎978-957-33-2616-8
Printed in Taiwan
本書定價◎新台幣180元/港幣60元